高機能系オキタの社員食堂

Kei Imajou
今城けい

CHARADE BUNKO

Illustration

みずかねりょう

CONTENTS

午前の業務終了を報《しら》せるチャイムが鳴ったと同時。沖田陽明《おきたはるあき》はデスクからいきおいよく立ちあがった。

（よっし、急げ！）

向かうは社員食堂で、エレベーターを使うのももどかしく、自分の課のある部屋を出て階段を駆けあがる。二階分をいっきにのぼって通路に出れば、目当ての場所まであと少し。昼定食のサンプルを横目に見ながら入っていくと、そこには大きくひらけた空間が広がっていた。

沖田が勤める三光《さんこう》食料株式会社は赤坂に本社があり、九階の食堂は午前八時から午後九時半まで利用が可能となっている。大きな窓から陽光が射しこんでいるこの場所は、約三百人の社員たちが食事をするための設備があって、望めば朝昼晩の三食をここで済ませることもできる。

整然と並べられたテーブル席には、すでにちらほらとスーツ姿の男たちが座っていたが、これは食事のためばかりでなく、社員同士や訪問客との打ち合わせにもこの場所を使うからだ。七階フロアにデスクのある沖田自身もしばしばここでミーティングをおこなうが、今日の用事はそれではなかった。

（はい。いちばん乗りっ、と）

ばたばたと入り口を通り抜け、厨房《ちゅうぼう》手前に設けてある一室に飛びこむと、そこにいた白衣姿の中年女性が笑顔になった。

「あら、沖田くん。なにか用事？　わたしでよかったらなんでも聞くわよ」

そう言ってくれるのはありがたいが、目の前にいる彼女ではなく、沖田は『あのひと』にこそ聞いてもらいたい用事があるのだ。

「わたしも管理栄養士だし。そっちの用向きで来たのなら、わたしでもいいでしょう？」

「え、ああ、はい。そうですね。だけど、今日は健康相談じゃないんです」

ここは健康管理室で、二名の栄養士と、保健師、それに当番制の嘱託医が常駐している。医務室と健康指導を兼ねた部屋は、ここのところ沖田がしばしば世話になった場所でもあるが、話したいのは自身の体調とはべつのことだ。彼女の肩越しにきょろきょろと首をめぐらせ、目当ての人物を見つけると、

「あっ、いた。安芸《あき》さん、ねえ安芸さーん」

ほっそりした白衣の背中に声をかけ、こっちこっちと大きく手を振る。壁に貼《は》られたポスターには『知っていますか？　一日のバランス』と書かれていて、それを表すコマのかたちのイラストを背景に彼が足を踏み出した。

「昼食が先でなくていいんですか？」

「食事はあとから。それより俺の話を聞いて」

彼が来るのを待ちきれずに走っていって、早く早くと彼を急《せ》かす。

「お話は聞きますけれど、室内を走ってはいけませんよ」

安芸優史《ゆうし》は穏やかに沖田を叱《しか》ると、ちらっと同僚の女性に視線を走らせた。

（あ。困らせた？）

沖田が彼女を差し置いた格好なのを気にしたのだ。仕草で安芸の気がかりを読み取って、もうひとりの栄養士にあらためて笑顔を向ける。

「有森《ありもり》さん。すみません。ちょっと今日のは仕事絡みで。つぎは聞いていただきますね」

にこやかにあやまって向き合う顔を見つめると、彼女は頰《ほお》を赤らめた。

「いっ、いいですよ。わたしは、べつに……」

「そうですか？　では、安芸さんをお借りします」

これで問題解決と安芸のほうに視線を向けたら、彼はちいさく息をつく。

「仕事絡みって、なんでしょう？」

「それなんだけど、相談室で聞いてくれる？」

「わかりました。……有森さん、相談室を使います」

彼女が了解のサインを出すのを確かめてから、安芸はそちらに向かいはじめた。それを追って、隣に並べた沖田の肩は彼より上の位置にある。沖田の身長は百八十半ばだから、平均的な安芸のそれより十センチ以上は高い。髪の色は安芸のように真っ黒ではなく、艶《つや》のある栗色で、眸《ひとみ》も明るい色だった。

「ほんとにもう。あなたは困ったひとですね」

パーティションで区切られた相談室に入っていくと、そこのドアを閉めながら安芸が呆《あき》れたように言う。

「え、なんで？　なにかまずいことをした？」

デスクをはさんで向かい合わせに腰を下ろせば、右目の下に泣きぼくろがある男の面に苦笑が浮かんだ。

「沖田さんが自分の顔の使いどころを知っているから。有森さんの不満をああも簡単に丸めこんで。わたしは彼女の同僚として、複雑な気持ちになります」

「あっ、安芸さん。それは誤解！」

たしかにこれまでこの顔は綺麗《きれい》だのなんだのと言われることはしょっちゅうだったが、自分の見た目を悪辣《あくらつ》な方向に利用したことはない。その疑いは濡《ぬ》れ衣《ぎぬ》だと眉《まゆ》をあげたら、どうだろうかと迷うふうに安芸が視線を左右に揺らす。

「……まあ、さっきのあれはわたしへの気遣いなので、ありがたいとは思いますけど」

ふっと奥二重の眸を細め、安芸は言葉を追加した。

「それで、あなたの相談ってなんですか？」

なごやかな表情で訊《たず》ねられ、沖田は「そうそう」とデスクに身を乗り出した。

「それなんだけど、安芸さんでなくちゃ駄目な話。栄養関係ではあなたはほんとに頼りになるから。実際、俺もそのことでは世話になったし」

「世話なんて……それがわたしの仕事ですから。沖田さんの健康回復に役立てたならうれしいですよ。その後、味覚に異常を感じていませんか？」

「うん。平気。安芸さんの言いつけをきちんと守って食べるようにしているよ」

いまから二カ月くらい前、正確にはそれ以前の冬あたりから沖田はなんとなく食事が楽しくなくなってきた。

なにを食べても美味《おい》しいと思わない。なんだか食べ物の味をはっきり感じない。そのせいで食事をするのがおっくうになり、しだいに体重が落ちてきて、さすがにまずいと思いはじめた。

自身の仕事上からも、味覚がぼけたままでは困る。どうしようかと迷ったときに、自社には健康管理室があることを思い出し、常駐していた医師に診《み》てもらったのだ。

（それで、味覚減退って言われたたっけ）

原因はおそらく疲労と食生活の乱れだろうと。それで、医師から投薬治療だけではなく栄養面の指導も受けるよう勧められ、沖田はやむなくそれにしたがったのだ。

「でもほんと、あのときは安芸さんのアドバイスで助かった。これだけ早く回復したのも、絶対あなたのお陰だし」

「その後、ご無理はしていませんか?」

「うーん、どうかなあ」

沖田の部署は食料流通本部といって、そこでは企業向けの食品企画や開発を手がけている。具体的にはスーパーのプライベートブランド商品の開発、全国チェーンのファミリーレストランでのメニュー企画、それにコンビニエンスストアでの惣菜部門の展開など。

沖田自身はこれまでファミレスでのメニュー提案をしてきたが、もちろんその裏には自社であつかう食材を買ってもらう意図がある。

「だけど、またあんなふうに味がおかしくならないように、休めるときは休んでる」

沖田が言えば「ほんとにそうしてくださいね」と心配そうな声音が返る。

「商社勤務がたいへんなのは、ほかの社員さんからもうかがっていますけど。出張もしょっちゅうあるし、時間も不規則になりがちですし」

「うん、まあそれはね」

商社の仕事は世界中のあらゆる出来事とリンクしている。業者から食材にする品物を買ってきて、べつの業者にそれを売る。あるいは、食材の加工会社をあいだにはさんで調理用の素材として販売する。そのためには世界中から食料を買いつけてくる必要があり、しかも他社よりも安全で、安定的にそれらを供給できること、そうした取引条件が必須なのだ。

そのためには日々刻々と変わっていく各地の情勢を把握しておかねばならない。沖田が食料専門商社の三光食料に入って四年目。ひと通りは業務の内容をおぼえてきて、もう新人とは言われなくなり、仕事も面白くなってきた。あれもこれも取りこぼしのないように夢中になって努めていたら、いつの間にか身体《からだ》に変調をきたしていたのだ。

「だけど、俺には有能な栄養士さんがついてるからね。ここで昼晩食べるようになってから、自分でも体調がいいなって気がするよ」

にっこり笑うと、安芸もほのかに笑みを浮かべる。

(あ。このひとのこんな顔、好きだな)

少しだけ照れたように微笑する安芸の様子は、沖田に対してなんら含むところのない自然体でいてくれるとわかるからだ。

自覚もあるが、沖田は異性に好かれやすい。『明るく、華やかで、都会的なイケメン』『ハイセンスな王子さま』『格好よくて、やさしそう。女性のあつかいにも慣れてるし、一緒にいると自分まで素敵になった気持ちがする』。高校生になったあたりで、そんな評価が確立されて、以後はうんざりするくらいおなじような台詞《せりふ》を聞かされつづけてきた。

(見た目の印象で勝手にキャラつくられてもな)と沖田は思うが、他人がそれぞれに感じることは止めようもない。

当然ながらいいことばかりがあるわけではなく、誤解されたり、同性からの——ときには異性からの――反感をくらったりすることもオプションでついてきて、さすがにやってられないと思うことも多かった。

けれども、自分を外見だけで判断するなと怒鳴ったところできりがなく、気さくな笑顔の裏側で他人をじょうずにかわす技術を身につけたのは防衛上の必然だった。

「安芸さんから教えてもらった、あれもちゃんと飲んでるし」

「ああ、ハーブティー？」

「そ。カモミールの匂《にお》いって、なんかほんわり癒《いや》されるよね」

毎日は無理だけど、寝る前に思い出したときだけは。沖田が言うと、

「それくらいでいいんですよ。義務になったら、かえって負担になりますから。もしよかったら、ミントティーも試してみますか？　自宅でつくったものがあるので」

「え、ほんと？　安芸さんがつくったのを俺にくれるの？」

沖田が目を輝かせると、安芸がやわらかな表情でうなずいた。

「ベランダのプランターで栽培したものなので、葉の大きさも不揃《ふぞろ》いですけど。これまで他の社員さんにも差しあげて、それなりに好評なんです」

他のひとにもあげているということは、沖田が特別枠じゃない。彼の言葉でそれがわかって、けれどもむしろそのことが心地よかった。

「……？　なにを笑っているんです？」

「んん。安芸さんのそういうところ好きだなあって」

「そういうって……？」

「仕事熱心で、誰にでも公平にやさしいところ」

しみじみと沖田が言ったら、彼が返事に困るような顔をした。

「……沖田さんはわたしをからかいに来たんですか？」

たしなめる口調だけれど、安芸は怒ったふうではない。いくらか閉口した顔で、けれども結局苦笑して許してくれる。

（こういう部分も、ほんとにいいよな）

沖田の見るところ、彼はこれまで一回も険しい口調や顔つきを表したことはない。沖田よりも二歳年上だと聞いた安芸は、物腰が穏やかでつねに情緒が安定している。

同性から嫉妬《しっと》絡みで強く当たられるのもめずらしくない沖田にとって、彼とこうして会話をするのはなによりなごむことだった。

「それで安芸さん、前置きが長くなってごめんなさい。ここからが本題なので」

沖田が口調を真剣なものに変えると、相手も表情をあらためる。

「なんですか？」

「今晩、俺につきあってほしいんだけど」

「つきあうって……？」

「食事だけでも、飲みありでもいいんだけど。仕事に関して相談したいことがあって」

沖田が言えば、安芸がちょっと首を傾《かし》げた。

「仕事のことなら、ここでお聞きしますけど？」

「あ、うん。そうなんだけど、少し話が長引くかもしれなくて。昼休みのあいだ中、俺があなたを独占するのも悪いだろうから」

考えこむ様子になった安芸を見て、沖田はさらに言葉を重ねた。

「今日が無理なら安芸さんの都合のつくときでいいから。仕事のことで教えてほしいのはもちろんだけど、安芸さんともう少ししゃべってみたいのも本当なんだ。ここだと時間制限つきで、ゆっくりと話せないから。俺といるのが嫌じゃないなら、ぜひお願い。頼むから断らないで」

期待をこめてとまどう顔を見つめると、ややあってから微妙な感じの笑みを浮かべる。

「もう……本当に沖田さんには負けますね」

「じゃあ、オッケイ？　承知なの？」

押し切られた格好ながら安芸が誘いを受けてくれた。それがうれしくて、つい大声で彼に礼を言ったあと「ごめんなさい」とあやまった。

「ここで騒ぐと叱られるよね。ほかに相談をしたいひともいるだろうし、じゃあ俺はこのへんで」

腰をあげつつ今日のあがりの時間を聞いたら、七時と言う。

「だったら、俺はそのくらいの時刻になったらここまで安芸さんを迎えに来るよ」

◇　◇

健康管理室を出て、日替わりのパスタ定食を選んだ沖田は、空いた席に腰かけた。テーブルに置いたトレイに載っているのは、あさりと小松菜のトマトパスタで、それに海藻サラダと、おくらのスープがついている。パスタには野菜がふんだんに入っていて、見た目も綺麗なメインディッシュだ。

向かい側の女子社員は野菜たっぷりのオムライスと、きのこのスープ、デザートにはリンゴのコンポートを選んでいた。

（あれで、だいたい五百キロカロリーか？　栄養バランスも抜群だし、ここの社食はいい仕事をしてるよな）

社員食堂の献立は安芸ともうひとりの栄養士が厨房の調理師と相談のうえ作成している。

（やっぱり安芸さん、さすがだな）

そんなふうな感想は、しかしいまだから出てくることで、初対面の印象はたいして良好なものではなかった。

——すみません。こっちで栄養相談を受けるように言われたので。

常駐している医師の勧めで栄養士のところに行かされ、しぶしぶ沖田は白衣の男にそう告げた。

——そうですか。では、こちらに入ってください。

胸の名札で彼が安芸という名字であるのはわかったが、べつにそれがどうだということもない。できれば手短にお願いしますと言うのを堪《こら》えて、相談室の中に入った。

——それでは沖田さん、いくつか聞かせてくださいね。まず、味覚がぼんやりとしはじめたのはいつですか？

——さあ？　だいたい冬くらいかな。はっきりおぼえていませんが。

——朝食は何時ごろに取られますか？

——朝はいつも食べません。

——平日も、休日も？

——そうですよ。

——昼食はどうですか？　普段はだいたいどんなものを食べていますか？

——社内にいるときは朝買ってきたパンかなにかを。外にいるときは適当に。

――適当にとは？

――店の定食や麺類《めんるい》とかです。

沖田はこれらの質問がさっさと終わって、必要なサプリメントを教えてもらえればいいと思った。

（仮にも三光食料の栄養士だろう？　ここの営業の忙しさは知っているはずなのに）

なにを悠長なとイラつく気分は、しかし顔には出さないでいた。どうせこの栄養士とのやりとりもあとちょっとのことだろうし、健康相談を受けたという格好が大事なのだ。

安芸から普段の食生活を細かく質問されるのも面倒くさい。その内容があまり褒められたものではないと充分にわかっていて、それでも現実問題としてそんなのは後回しという頭があった。

――ざっとお聞きしたところでは、脂質とナトリウムの摂取量が多めですね。反対に、ビタミンCと亜鉛が不足しています。あとで用紙を渡しますので、それに直近三日分でなにを食べたか、飲んだのか、口にしたものすべてを書いてきてもらえますか？

（三日間て……昨日なにを食べたかもおぼえてないのに？）

邪魔くさいと考えたのは、すぐに返事をしないことで悟られたのか、安芸が表情をあらためた。

――もしかして、薬かなにかで治そうと思っていますか？

どうしてばれたかと思っていたら、安芸が真っ向からこちらを見据えて口をひらいた。

——この相談室に来るひとは、よくそう思っているんです。食事代わりになるようなサプリメントを教えてくれとか。

でもそれは危険なんですと、告げられた言葉より、安芸の真摯《しんし》な表情に驚かされた。

（なんでこのひと、こんなにも真剣なんだ……？）

食料専門商社勤務でたかが食事と言う気はないが、栄養士の仕事とはもっとかるいものなのかと考えていた。食品の栄養分析とアドバイス。その程度のことではないのか？

けれども、沖田の思惑はその後の安芸の仕事ぶりで覆された。彼は沖田から受け取った三日分の食事記録表と、日ごろの運動量と食事嗜好《しこう》のアンケート用紙、それから健康診断表のパーソナルデータを基に、現在の栄養摂取状態と、今後のアドバイスをレポートにして渡してきたのだ。

それを一読して、沖田は思わず唸《うな》ってしまった。その緻密さもさることながら、いまの段階での欠点と、今後の改善すべき点とが一目瞭然《りょうぜん》になっていたからだった。

（なるほど……安芸さんが言ったとおりだ。亜鉛が不足してるのが、味覚障害の一因になっているのか。それに、思ったよりも運動不足だ。学生のころとは生活が違うってこういうことだな）

まるで自分の生活ぶりを見ていたようなアドバイスに、沖田は安芸を甘く見る気が吹き飛んだ。仕事柄、こうした内容の良し悪しは正確に理解できる。

そうして沖田は安芸のくれるアドバイスに興味を惹《ひ》かれ、せっせと相談室に通っているうち、彼自身のひととなりにも日々感心させられた。

安芸は沖田がなにを聞いても的確に答えてくれるし、穏やかな表情を崩さない。悪い部分は叱ってくれるし、いいところは褒めてくれる。結果として、自分の体調がよくなるころにはすっかり安芸を頼りにし、彼にしかしないような甘えた口調になるくらいなつききっていたのだった。

（安芸さんと、俺とで初めての外メシだものな。今晩はどこへ行こうか？　カフェバーか、レストラン？　いやいや、あんまり気取った場所より、もうちょっと気軽なほうが……）

そんなことを思っていたら、自然と唇の端があがっていたのだろうか。

「おい、イケメン。なにをにやにやしてるんだ？」

声のほうに視線を向けると、トレイを手にしたスーツの男が沖田を見下ろしていた。

男の身長は沖田よりはいくらか低く、すっきり整えた黒髪に、男らしさの勝る顔立ち。彼は沖田とおなじ部の先輩で、二歳上の真下《ました》だった。

「ええー俺、笑ってました？」

てか、イケメン呼びは勘弁してくださいよ。沖田が言うと、明るい表情で「すまんすまん」と彼があやまる。

「からかったわけでもないが、こういうのはうれしくないか?」

「顔だけが取り柄みたいな感じなんで」

沖田が正直なところを告げると、真下がにやっと笑って応じる。

「んじゃ、顔が取り柄は事実だけどな、『だけ』はつけないでおいてやる」

「ああどうしよう。ありがとうって、口にしたくないんですが」

相手の軽口に同様の調子で返すと、真下が「あはは」と沖田の横に腰を下ろした。

「で、どうしてにやついていたんだよ」

「ここのメニューはよくできているなって」

それも思っていたことなので、ごまかしでもなく沖田が言うと、

「まあそりゃな。いちおう食料専門商社の社食だし」

真下が選んだ今日のメニューは、メインが和風ビビンバで、味噌《みそ》だれのかかったそれがいい匂《にお》いをさせている。

「ほかの会社とくらべてもうちは恵まれているんじゃないか。昼飯ここで食っとけば、今日の分の栄養は大丈夫って気持ちになれる」

「本当ですね。俺も体調がおかしくなっていたときに、ここのメニューで持ち直しましたから」

真下は沖田の身体の不調を知っていたから、それを聞くと心得たように「ああ」とうなず

く。

「そういや、あれだ。味覚異常は治ったのか？」

「もう完全に。前よりよくなったくらいのもので。……これもみんな安芸さんのお陰かな」

最後のつぶやきを耳にして、真下が「ん？」とこちらに首を伸ばしてきた。

「安芸って、栄養士のあの安芸か？」

「そうですけど、それがなにか？」

念押しの意味がわからず、沖田は首を傾げてみせる。真下は真面目《まじめ》な表情で「おまえ、優史と知り合いか？」と聞いてきた。

「知り合いってか、世話になった栄養士さん。それで、もうちょっと仲良くなりたいと思ってて……それはともかく真下さん、優史って安芸さんのことでしょう？　下の名前で呼ぶってあたり、あのひとと友だちですか？」

沖田が訊ねたら、真下がなんともつかないような顔をした。

「俺はそのつもりだったけど……なんか違った、のかな？」

「いや俺に問い返されても。そんなふうに思うってのは、なにか理由があるんですか？」

「うーん。まあなあ」

真下が唸り、ついで丼《どんぶり》を持ちあげてビビンバをかっこみはじめる。それを見て、沖田もパスタを口に運んだ。

（あ。美味い）

白ワインとオリーブオイルを利かせたソースは、くどすぎず、薄味すぎず、食欲をそそるものだ。沖田がまだ食べ終わらないうちに真下はビビンバを平らげると、さっきのつづきを話しはじめる。

「俺とあいつは高校のとき、おなじクラスで部活もおなじだったんだ。もっとも、あいつは二年生の秋ごろにバスケをやめてしまったけどな。だけど、卒業するまでは、学校内でそれなりにしゃべることもあったと思う」

そのつづきを推測し、沖田はフォークを宙にとどめて問いかける。

「だけど、大学生になってからは没交渉。この会社に安芸さんが来て、つきあい復活ってことですか？」

安芸はこの春に三光食料に転籍してきた。その前は、おなじグループ会社の三光化学にいたそうだ。しかし、こちら側の管理栄養士が辞めたため、引き抜かれる格好でここに入り、三光化学は新人の栄養士を採ったらしい。

そんなことを思い出しながら沖田が聞けば、真下が「ううむ」と首をひねった。

「復活まではいってないかな。とりあえずケーバンの教え合いはしたんだが。俺としては、あいつと結構気が合っていたと思うし、これを機会にもういっぺん友だちづきあいをしてみたいけど、それも相手が乗ってこなきゃ無理な話だ」

真下の口ぶりは期待とあきらめが半々だ。

(そういや、俺だって大学を卒業後、連絡の途絶えた相手がいっぱいいるか。学生時代と、社会人になったいまではおたがい生活も変わっているし)

それでも真下が昔馴染《むかしなじ》みと再会し、また関係の復活を望む気持ちには共感できる。

「だったら今晩、俺は安芸さんと食事に行く約束をしているんです。なにか伝言しましょうか?」

「それなら、そのうち電話するって。そんで一緒に飲もうぜって言っといてくれ」

沖田が「了解しました」と請け合うと、真下が椅子《いす》から腰をあげる。

「あっ、待ってくださいよ。俺も席に戻ります」

あわてて残りの食事を腹に詰めこんで、ふたりで下階のフロアへと引き返す。

昼休みでもこの部署は稼働中で、ひっきりなしにかかってくる電話のベルに当番の女子社員と居残り組の営業マンが対応していた。たったいまも鳴った電話を制服の女子社員が取りあげて、

「三光食料でございます……はい。いつもお世話になっております」

じつを言えば、沖田もこれまでしょっちゅうフロアに居残っていて、昼食は適当にパンを齧《かじ》って済ませていた。

朝抜きで、昼はパン、夕食は出先で蕎麦《そば》かなにかを啜《すす》る。あるいは接待で、つまみ少々に

アルコール。そんな毎日をつづけていたから、栄養に偏りが出てくるのも当然だった。

「少々お待ちくださいませ。……沖田さん、ミヤマコーポレーションさんから」

「あっ、はい」

女子社員が告げてきたのは、沖田の得意先である食品販売会社のひとつだ。急いで保留の電話を取って、先方の担当者とのやりとりを交わしていく。

「……ありがとうございます。それでは何時におうかがいしましょうか？　……はい。三時半に総務課の桑木《くわき》さままで？　……承知しました。それではのちほど、よろしくお願いいたします」

電話を切って、ホワイトボードの前に行く。そこに行き先と帰社時間を書いていたら、真下も予定を記入しに来た。

「そういや、沖田。昨日の為替レートだけどな、ＴＴＭでいくらだった？」

「先日比、マイナス二コンマ七八でしたよ」

「うわ。この分じゃ、差損が出そうないきおいだよな」

「原油は右肩にあがってますし、サーチャージのことを思うと、ちょっと気が重いっすね」

「まったくだ」

真下が言って、その場を離れる。沖田のほうはデスクに戻る暇もなく胸に入れたスマートフォンが電話の着信を知らせてきた。

「三光食料の沖田です。いつもお世話になっています――あ、はい。その件でしたら、のちほどＰＤＦを添付してメールします。それを見ていただいてから、折り返しご連絡を差しあげたいと思うのですが……」

商社が日本の経済を牽引《けんいん》していた黄金時代はとっくに去ったと言われているが、それでも依然小売業への影響力は大きなものだ。三光食料も財閥系食料専門商社として経済界の最前線に位置しており、そこではたらく社員たちも熾烈《しれつ》な競争を強いられている。

（ま。俺はそういうのも好きなんだけど）

数字で結果を出せるのは、わかりやすいし、面白い。ほかの同僚たちよりも先を行っている自信はあるが、自己過信が体調不良に繋《つな》がったのはどう考えても未熟な証拠だ。

（そのへんは充分反省するとして……安芸さんは頼みを聞いてくれるかな）

彼の穏やかな表情を思い返すと、ふっと肩の力が抜ける。彼に話を聞いてほしくて、そしてそのためには七時までに仕事を片づけておかねばならず、沖田は急いでデスクに座り、メーラーを立ちあげた。

◇　◇

その晩、沖田が安芸を連れて入ったのは、会社からちょっと離れたところにあるモツ焼きの店だった。

「ごめんなさい。ちょっと店構えはあれだけど、味は結構いけるので」

ちいさなビルの二階にあるこの店はベニヤの板壁にべたべたと品書きが貼ってあり、それらは厨房から漂ってくる油煙やら客の煙草《たばこ》のヤニやらで、すっかり茶色くなっている。カウンターの椅子の座面は安っぽいビニール製で、いくつかあるテーブル席も合板のぺらい造り。どこからどう見ても庶民的なこの店は、しかしながら味と安さに惹かれる客が引きもきらず集まってくる。今夜もほぼ店内はいっぱいになっており、沖田はカウンター席にふたつ空きがあるのを見つけて、まずは安芸を座らせると自分も隣に腰かけた。

「最初はビール？　それともべつのものにする？」

「あ。わたしはビールで」

「じゃあ、生中と。料理はなにがいいのかな？　今日のお勧めはカツオの刺身らしいけど」

厨房とこちらを仕切る空間には料理と値段を油性ペンで書いた紙が暖簾《のれん》のように下がっている。そのひとつを見て沖田が言えば、安芸はそれがいいと答える。

「あとは適当に頼んでもいいのかな？　苦手な食べ物がなにかある？」

「いえ、べつに。好き嫌いは特にないです」

沖田はカウンターの向こう側ではたらく男に手を振って合図すると、注文の品を伝えた。

「生中ふたつね。それから、カツオと、もやしのナムル。あとモツ串《くし》の盛り合わせ」

「はいよ」と店員が応じて間もなく、ビールのジョッキが運ばれてくる。

「今日は来てくれてありがとう。我儘《わがまま》なことを言って、無理させていなかったらいいんだけれど」

沖田が頭を下げながら礼を述べると、安芸が恐縮した面持ちで首を振る。

「いえ、そんな。こちらこそ誘ってくださってありがとうございます」

「わ。安芸さん、本当に？　そう思ってくれるならうれしいけれど」

沖田はぱっと笑顔になって、目の前にあるビールを勧める。「お疲れさま」とジョッキを合わせ、安芸が飲むさまを見つめていたら、彼が微苦笑を頬に浮かべた。

「そんなふうに心配そうに見なくても……ここのビールは美味しいですよ。沖田さんも飲んでください」

安芸はこの店の料理が気に入ってくれたようで、まもなく運ばれてきたもやしのナムルも、カツオの刺身も「美味しい」と言ってくれた。

「ここのカツオは刻み生姜《しょうが》なんですね？」

「そう。新生姜の時季だけはすり下ろさずにこんなふうにするんだって」

彼はモツ串も機嫌よく口にして、こくのある甘さだと感想を述べてくる。

「安芸さんの口に合ったみたいでよかった。ここは俺の行きつけなんだ。気取った店も悪くないけど、また行こうって言いやすい店のほうがいいかなって」

心底ほっとして沖田が言うと、安芸がやわらかな笑みを浮かべる。

「わたしもこういう店のほうが気楽でいいです」

「ほんと、安芸さん？　じゃあ、また今度も誘っていい？」

安芸がこっくりうなずいて、それからわずかに首を傾げる。

沖田はその仕草を見逃さず「どうしたの？」と問いかけた。

「……えっと、少し……意外な気がして」

ためらいがちに安芸が洩《も》らし、沖田は（なにが？）と視線でつづきをうながした。

「その……悪い意味ではないんですけど、沖田さんならむしろ他人からサービスされるのに慣れているんじゃないかって思っていました。ですけど、わたしにすごく気を使ってくれるし、なんだか一生懸命なので」

「そりゃあ相手が安芸さんだからね」

「え、それはいったい……?」

目を瞠《みは》る安芸の前で、沖田はひとつ肩をすくめた。

「たしかに俺は見た目のせいでやたらとちやほやされることも多いんだ。だけど、一発目の印象で反感を持たれることもしょっちゅうだから」

安芸にビールのおかわりを聞き、注文を店員に告げてから、さらに沖田は言葉をつづける。

「そういうのって、俺がなにを言ったとかしたとかはほとんど関係ないんだよ。ぱっと見で相手の感じることなので、俺自身とは関《かか》わりないって割り切るよりしかたがなくて」

だけど、あなたは違っていたから。沖田の話を聞きながら眉を曇らす安芸に言ったら「え?」と驚いた顔をした。

「わたし、が……?」

「そうだよ、だって安芸さんは俺だから親切ってわけじゃなくて、誰にだって誠実に応対しているでしょう? 健康相談に来たひとに、年齢とか性別とかであなたが態度を変えたのを見たことは一度もないよ。安芸さんの指導がなかなか守れずに、メタボな部長が短気を起して怒鳴ったときも辛抱強く接していたし。ここ三カ月ほど安芸さんのそんなところをあの部屋で見聞きすれば、俺の見た目がどうこうって思いようもないからね」

きっぱりと言い切れば、視線を落とした彼がちいさな声音を洩らす。

「それは……その……ありがとう、ございます」

（あれ、照れた？）

うつむいている彼の頬がうっすらと染まっている。こちらの台詞で赤くなった安芸を見て、ふいに心臓がどきんと鳴った。

（普段はしっかりした大人なのに。こんなことで気恥ずかしくなっちゃうんだ）

安芸の新たな一面を見て、ものすごく得したような気分になった。おぼえず鼓動を速めながら、沖田は彼への頼みごとを口にする。

「えと……今日の昼に相談をしたいんだって言ったよね？　じつは栄養士サイドからのアドバイスが欲しいんだけど、この話、聞いてくれる？」

「ええ、いいですよ。わたしでよければ」

いつもの健康相談とおなじ調子で安芸がうなずく。

「仕事絡みと言っておられましたよね？　なのに社外でお話しされるということは、極秘のプロジェクトかなにかですか？」

「ううん、残念ながらそこまで大きな案件ってわけじゃないんだ。俺が新規の売りこみを考えていて、だけどものになるかどうかって段階なので。とりあえずメシでも一緒に食べながら、ざっとしたところだけ教えてくれればと思ってる」

自分の部署から健康管理室への依頼もかけられないくらいあやふやな状態なんだ。厚かましいお願いでごめんなさい。そう言ってあやまると、安芸が「いいえ」と返したあとで、困ったような表情になる。

「やっぱり無理な頼みだった？」

「え、いえ……そうじゃなくて」

どうしようかといったふうな顔をして、安芸がふたたび口をひらいた。

「沖田さんは、わたしを食事に誘ったときは結構強引な感じがしていて……なのに、いまは遠慮がちで……だけど、どっちも断れないのは一緒です。これってどういう仕組みになっているんでしょう」

途方に暮れた様子でいるのが、沖田の微笑をつい誘う。

（ほんと、真面目なひとなんだよなあ）

ひとつひとつを真剣に考えて、気分で物事を決めない分、かえってわからなくなっている。沖田のように強くも弱くも出る相手には、きっとうまく対応ができないで振り回されてしまうのだろう。

（アドリブが利かないっちゃそうだけど。こずるく立ち回る安芸さんとかは想像ができないし。こういうところも俺は好きだな）

それに、仕事に関しては本気で尊敬できるひとだ。

「困らせてごめんなさい。でも、俺はどうしてもあなたと食事がしたかったから。それに仕事のアドバイスが欲しいのも本当なんだ」

安芸は黙って話のつづきを待っている。真摯な表情にうながされ、沖田もまた真面目な口調で切り出した。

「相談の内容だけど、これはそもそも安芸さんに触発されて思いついたアイデアで……」

沖田は自分が温めていた構想のあらましを説明していく。そのあいだ、安芸は箸《はし》を止めたままじっと話を聞いてくれた。

「……と、そんなふうに企業向け食堂のメニュー企画を考えているんだよ。売りこみの要旨としては、まずは福利厚生の充実から。安芸さんには言わずもがなのことなんだけど、従業員の健康管理は日々の食事が基本だよね？　最近は従業員全体の高齢化が進んでいるし、メタボや生活習慣病の予防をするのも企業としては有益だと思うんだ。自社の従業員が病気になれば、健康保険組合の負担額や、有給休暇に関わるコスト、それらがかかってくるからね。社員食堂を充実させれば、福利厚生費がかさむ側面はあるんだけど、そちらは経費で落とせることで節税にもなるわけで。はたらく側も企業側もそれぞれメリットはありますよって、そんな感じに攻めていこうかと思うんだ」

沖田が展開した持論を聞いて、安芸が深くうなずいた。

「それは私も同意見です。四十代や、五十代に適したメニューを数パターンつくりますから、それを資料のひとつにしてもらえれば……」

「え、つくってくれるって本当に⁉　こういうの面倒じゃない？」

「ええ、少しも。明日の昼にでも健康管理室に来てください。それまでに用意しておきますから」

安芸は簡単に請け合ってくれ、それにも沖田は驚いた。

(明日って……仕事、はっや)

ちょっとしたアドバイスでももらえれば儲《もう》けものだと思っていたのに。

「はー……できるひとは違うなあ」

しみじみと洩らしたら「なにを言って……」と安芸が呆れ半分に応じてきた。

「できるのはあなたでしょう?　ときどきあなたの噂《うわさ》が耳に入ってきます。沖田さんは食料流通本部でも目立って業績を伸ばしているって」

これは褒められたと思ってもいいのだろう。安芸に持ちあげられたのが素直にうれしく、けれども少々面映《おもは》ゆくも感じてしまう。

「俺なんかまだまだだよ。うちの部署には山名《やまな》さんとか真下さんとか、稼ぎ頭がほかにもたくさんいるからね」

謙遜《けんそん》を口にして、沖田はその直後、変調に気がついた。

(……あれ?)

安芸の頬が強張《こわば》っている。気のせいかと見直すと、視線も宙に飛んでいた。

どうしたの、と聞こうとして、しかしその前に彼がかすかな声を落とした。

「……真下、さん?」

「え、ああ……そういえば、安芸さんは真下さんの同級生だったんだよね?」

思い出して訊ねたら、安芸が愕然《がくぜん》とした表情になる。

「どうしてそれを……」

「今日の昼に真下さんから聞いたんだけど。高校時代に、クラスと部活がおなじだったことがあるって」

平静に返すものの、沖田は内心では彼の反応に驚いている。

(なんでこんなにびっくりした様子なんだ? いいや、それより……)

びっくりというよりも、不意打ちで殴られたみたいな感じだ。

いつも穏やかな栄養士。やさしく沈着な年上のひと。そうとばかり思っていた安芸なのに、沖田の言葉にこんなにも動揺している。

初めて目にする表情に(余計なことを言ったか?)と反省する想《おも》いが湧《わ》いて——なのに、それだけではない感情が沖田の胸をちくりと刺した。

(ん……?)

この感覚はなんだろう? いままでにおぼえのない痛覚に顔をしかめる。そしてその直後、安芸がおもむろに口をひらいた。

「もう昔の話ですよ。特別に仲がよかったというわけでもありませんし……。でも、そうですね。沖田さんとはおなじ部署にいるんですから、わたしの話が出ることだってありますよね？」

にこりと笑う彼の顔はどこかつくりものめいている。

（あ。弾《はじ》かれた）

彼が心を静かに閉ざした。沖田にはそれがわかった。どんなときもこちらをやさしく受け入れてくれていたのに。真下の話を振ったとたん、沖田の目の前でドアを閉めてしまったのだ。

「うんまあ、たまたまそんな話題になったんだけど。……あ。そういえば、真下さんから伝言で、今度一緒に飲もうぜって」

さりげなさをよそおって沖田が言えば、今度は心の備えがあったか安芸がゆっくりとうなずいた。

「そうですか？　そのうちまた機会があればと伝えてください」

言葉はそうでも、安芸の表情は硬かった。

（真下さん、嫌われてるのか……？）

細面の安芸の眸は切れ長の奥二重。泣きぼくろのアクセントがなかったら、地味めの印象なのかもしれない。けれども、いつもは両目に温かな光を浮かべ、沖田の気持ちに添うような姿勢をそこに表わしていた。なのに、真下への返答を述べるときには、どこのなにも見て

いない昏《くら》い目つきになっていたのだ。

(ふたりのあいだになにがあったのか知らないけれど、聞いてもたぶん……)

安芸は答えてくれないだろう。詮索《せんさく》すべき事柄ではないとわかって、しかし沖田は腹にももやもやするものを感じてしまう。

「……真下さんは近々安芸さんを飲みに誘うんじゃないかなあ。そのうち電話をするからとも言っていたから」

「電話を……?」

「うん。ケーバンの教え合いはしてるって」

正面を見てさりげなく言葉を綴《つづ》り、ちらりと横に視線を流せば、安芸は背筋を硬くしてうつむいていた。

「安芸さ……」

「そろそろ帰りましょうか」

沖田の語尾にかぶせるように彼がうながす。

「今晩中にメニューをつくっておきたいですし、明日も仕事がありますからね」

言ったときには、安芸はもう腰を半分あげていて、つられて沖田も立ちあがった。

「お勘定を」

「ああ、いいよ。今夜は俺に払わせて」

頼みますからと沖田が言うと、安芸も強いて自分の意思を通そうとはしなかった。そうして店を出て、ふたり一緒に狭いコンクリの階段を下り、ネオンで飾られた街路へと出る。

「今晩はどうもご馳走《ちそう》さまでした。わたしはここで失礼します」

そう言うだろうと思った台詞を安芸がやはり口にした。

(安芸さんは、独りになりたがっているんだ)

そうしてなにを考えるのか。つくってくれると請け合った社員食堂のメニューのことか——それとも、あるいは……。

「安芸さん!」

お辞儀をして歩き出した彼の背中に呼びかけると、表情をなくした顔が振り向いた。

「また……飲みにつきあってほしいんだ。安芸さんが嫌じゃなかったら、なんだけど」

もう少し違うことが言いたいような気がしたが、それくらいしか思いつかない。

安芸は「嫌なんかじゃないですよ」とお義理のような笑みを浮かべ、またも沖田に背を見せる。その頼りないような薄い肩を眺めたら、ざわっと胃のあたりが嫌な感じにうごめいた。

「なんだろ、これは……」

安芸の姿が見えなくなると、ごく低いつぶやきが足元に落ちていく。

どうしても呑みこめない不快なものが喉《のど》に引っかかっているような気持ちがする。

(安芸さんが真下さんの話題を避けたがったから?)

しかし、そこは沖田が踏みこむ部分ではないだろう。

昔の同級生を安芸がどう感じていても、沖田には関係がない。安芸がそのことに触れてほしくないのなら、それについてこちらは配慮するべきだ。

(安芸さんが嫌がるような話題は避ける。それで、また食事なりなんなりを気分よくつきあってもらえばいい)

そのときは、それが守れると沖田は信じて、むうっとした暑さの残る夜の街路を歩きはじめた。

◇　◇

それから十日間。沖田はほぼ毎日のようにして安芸の許《もと》を訪れていた。

あのあとまもなく企業向け食堂の企画書を完成させて、あちこちの会社に向けて新規の営業活動をしていることをすでに上司には報告済みだ。つまり安芸への訪問は仕事の範疇《はんちゅう》になっているから、昼休憩に限らず堂々と会いに行ける。

この日も沖田が健康管理室に出向いていくと、白衣の安芸が「こんにちは」と言ってくれた。

「今日はなにをお訊ねですか？」

「今度はモバイルECの広告会社に社食の提案を持ちこもうと思うんだけど、メニューのほうはこんな感じの組み立てでいいのかなって」

相談室にふたりで入り、デスクをはさんで座ってから、沖田は持参の書類を差し出す。安芸はざっと目にしたあとで、気になるところに書きこみをしてくれるのが、ここのところの通例になっていた。

「……このあたりは問題ないです。ただ、ここの食材を海草に変えることで、亜鉛を補うことができます。だからこの献立は、レタスからワカメに置き換えるほうがいいかと」

紙の上にボールペンを走らせている安芸の指は細くて長い。

（爪のかたちが綺麗だな……）

説明をきちんと頭に入れながら、しかし沖田はそんなことも考える。

（色もいいし……きっとつま先もこんなふうにピンクのこれが並んでいるんだ）

いまは靴下とスリッポンにつつまれているその足が、なにも履かない状態になったところを想像してみる。それがあまりにまざまざと脳裏に浮かんでしまったので、あわてて沖田は首を振っておのれの妄想をかき消した。

（や、違うって。なんで俺はこんなことを……）

「……なにか？」

不審な動きをしたせいで、安芸が訝《いぶか》しげな顔をする。沖田はあせってごまかしの言葉を探した。

「ああっと、いえその。俺も味覚がおかしくなっていたときは、安芸さんから亜鉛を取ることを勧められていたなって」

「え……？　ああそうでした。亜鉛は舌にある細胞の新陳代謝に必要な元素ですから」

「そうそう。ヒトの味蕾《みらい》は九千個くらいあって、それが十日で入れ換わるって教えてもらったんだった」

安芸はつかの間とまどう表情を見せたものの、無事ごまかされてくれたようだ。

「味覚が戻ってほんとによかった。仕事柄、味がぼけてちゃ困るから……やっぱり食の基本って大事だね」

話の流れで沖田が言うと、安芸が真摯な表情でうなずいた。

「ええ、本当にそのとおりだと思います。これはひとつの例なんですけど、わたしが大学に通っていたとき尊敬する講師がいて、そのかたがこんなことをおっしゃったんです。『なにを食べるのか選ぶというのは、自分の生きかたを選ぶのとおなじことだ』。それを聞いて、わたしはそうだなとしみじみと感じました」

「生きかたを選ぶ……って？」

「はい。この時代の日本で、食べるということそのものに苦労するひとは減っていて、なのにかえってそのせいで健康を害する結果も生まれています」

安芸の言いたいことはわかる。ここ赤坂にも飲食店が溢《あふ》れていて、世界中の料理を食べることができるし、そうでなくともコンビニに行きさえすればありとあらゆる食べ物がひとおり揃っている。けれどもそれが健康的な食生活に結びつくかと言ったなら――そうでもないと思わざるを得ないだろう。

「ほんとそうだね。安芸さんの言うとおり。俺もわが身に引きくらべて実感できるよ。食料専門商社の営業マンをしていながら、こんなことを言うのもあれなんだけど、俺はさほど食べることに興味を持っていなかったんだ。仕事と自分の食事とはまったくべつの話だって。だけどいまは違うから。あなたが俺に食べることの大切さを教えてくれた」

「え、わたし……？」

「うん。安芸さんから健康指導や、仕事に関してのアドバイスをもらうようになってから、俺の意識はすっかり変わった。社食のアイデアも、せっかく安芸さんが俺に教えてくれたことをなにかかたちにしたいと思って……だから、絶対これはものにしたいんだ」

つい心情を吐露すると、安芸がふっとうつむいた。

沖田が（ん？）と見ていれば、彼が下を向いたままごくちいさな声音を洩らす。

「どうしよう……なんだかすごくうれしいです……」

膝に揃えた両手を見ている安芸の耳が色を増す。

(あ。照れた……ってか、感激してくれたのか?)

前にも感じたが、沖田のささやかな褒め言葉で安芸が心を揺るがせるのはなにかひどく気分がいい。あらためて目の前にある細い首と、清潔感のある白衣の襟元とを眺めていると、不可思議な衝動が湧いてくる。

「安芸さん。耳が赤いけど」

もうちょっと自分の言葉で動揺しないかと言ってみる。果たして安芸は耳を押さえ、あせった様子で面をあげた。

「もう、沖田さん。わたしのことをからかってます?」

「ううん、ぜんぜん。むしろ尊敬してるから」

真顔で言うと、安芸が「う」と顎《あご》を引く。

「沖田さんは……ほんとに、あの……」

「なに?」

安芸がふるふると首を振って答えを拒む。なにを言おうとしたのかが気になって、ぐっと身を乗り出すと彼の顔を間近からのぞきこんだ。

「言いかけてやめるのはずるくない? 頼むから教えてよ」

ねだる口調も安芸相手だと抵抗なく口をつく。

「ねえ、安芸さん。俺に言ってよ、さっきはなにを考えてたの?」

沖田は基本誰にでも愛想がいいのだが、それはこちらを攻撃されないためのものだ。高飛車な態度でいれば、反感をくらうことは身に沁《し》みてわかっているので、親近感を持ってもらえるようにするのは生活上の知恵だった。

自分からやりたくてやっているわけではないのは、自身がいちばん知っていて……なのに、安芸には素のまま甘えかかるのは、やはり彼の人柄によるものだろう。

(たしか安芸さんは今年で二十八歳だよな。落ち着いた雰囲気なのも不思議はないけど……)

年齢からの連想で、沖田はふっと『そのこと』を考えた。

(そういや、このひと、彼女とかいるのかな?)

そもそも栄養士は女性の多い職場でもある。出会うチャンスも少なくはないだろうし、つきあう女性がいたとしてもおかしくはない。

聞いてみたくはなったけれど、もろ直球に「彼女がいるの?」もどうかと思う。やむなく沖田は遠回しな問いかけを投げてみる。

「ね、安芸さん。さっきの質問、パスしていいよ。そのかわり、あなたが休日になにをしてるか答えてくれる?」

顔を離して矛先を変えてみたら、彼が肩の力を緩めた。

「休日……ですか？」

「安芸さんだったら、休みの日でも料理とかしてそうだけど」

「そうですね、休日にも料理はしますが……わたしは独り暮らしなので、凝った料理はあまりしません。たくさんつくっても残ってしまうし、結局シンプルなものになります」

独り暮らしということは、同棲《どうせい》している恋人はいないわけだ。さらに確認と、沖田は念押しの言葉を投じた。

「誰かに食べさせはしないんだ？」

「つくって食べてもらうような相手がいまはいませんから」

「それは残念。安芸さんの手料理はすごく美味しいだろうにね」

言いながら、沖田は（うんうん）と内心でうなずいた。

（そうか。彼女はいないんだ）

この綺麗な指先の持ち主には、誰か決まったひとはいない。みんなにやさしいこのひとは、特定の存在に想いを寄せてはいないのだ。

「それじゃ、そろそろ失礼するね。長居も邪魔になるだろうから」

ちょっと鼻歌でも歌いたい気持ちになって席を立つ。

「さっきの話はすごく興味深かった。献立のつくりかたもそうだけど、ああいったエピソードもいろいろ教えてほしいんだ。つぎもまた大学の話とか俺に聞かせてくれるよね？」

沖田が頼むと、安芸が「はい」と言ってくれ、さらに気分が浮上する。足取りかるくドアの前まで行ったとき――背後からちいさな声が聞こえた気がした。

（ん……？）

違うかもと思いながら振り向けば、安芸がテーブルに両手を置いて、硬い表情でじっとしている。驚いて目を瞠る沖田の前で、彼はどこにも視点を合わせず唇だけを動かした。

「その……真下さんはなにか言っていましたか？」

真下と安芸が口にするときさらに声を低めていたので、沖田は名前の一部しか聞き取れなかった。

（シタさん……って？　もしかして、真下さん？）

思案をつけているあいだ、安芸は石かなにかのように固まった姿勢でいる。

それについての返答がものすごく欲しいのに、おなじくらいに聞くのを怖がっているかのように。

沖田は「なにかって、なんのこと？」とは言わなかった。その代わりに安芸の顔を注視しながら「山下《やました》さん？」とわざと違う問いかけをする。そうして、安芸がそのひとの名前を口にするのを待った。

「いえ……真下さん、です」

注意深く聞いたなら、安芸の声がかすかに震えているのがわかる。無表情のままなのは、頬が強張っているからだ。すばやくそれらを確認したのち、沖田はなんでもないように朗らかな顔をつくった。

「ああ、真下さん？　あのひとからはべつになにも聞かないけれど……そう言えば、安芸さんと飲みに行く話、決まったの？」

「いえ……なにも」

「ん、そう？　真下さんも忙しいひとだから。なんなら俺が訊ねてみようか？」

宙に目を据えたまま安芸が横に首を振る。

「聞かないでもいいいんです。わたしも仕事がありますし、忙しくしているのならそのままで」

わざとらしく見えないように沖田は「ふうん」と小首を傾げた。

「まあ、そういうことなら俺はこれで」

「あ……お引き止めしてしまってすみません」

「そんなのぜんぜん。つぎもまた相談よろしく」

会釈して、沖田は相談室を出る。管理室から食堂を抜けていく際、出入り口に置いてある『今日の定食』のサンプルが視野に入った。

（安芸さんが考えてつくった献立）

みんなのために。誰か特定のひとのためのものではなく。

そして、それとおなじように彼のプライベートにも特別な誰かなどいないだろうと思っていたのに……もしかしたら違うのだろうか。

(安芸さんのあんな様子は初めて見た)

さきほどの彼の言動を思い浮かべ、それから沖田はそれが初めてではないと気づいた。

沖田とモツ焼きの店で話をしていたときも、彼はいつもと違う様子になっていたのだ。

(がちがちに強張って、視線が飛んで。俺なんかいないみたいに自分の思うことだけで頭がいっぱいになっていた)

そして、どちらも真下のことを話題にしたときにそうなった。

(そんなにも真下さんが苦手なのか?)

沖田は無理やりそちらのほうへ結論を出そうとしたが、自分の心はごまかせなかった。

安芸は真下を嫌っているのか？　元同級生と再会したのを運悪く感じているのか？　たまたまの思いつきで、真下のことを聞いたのか？

(そんなわけない)

本当は、もうとっくに気づいている。

ああいうのは嫌悪ではない——めいっぱい意識しまくっているというのだ。

◇　◇

安芸にとって、真下は別格の存在だ。しかし、そのことに気づいても、沖田は安芸に直接訊ねはしなかった。興味がないからではなく、気になりすぎてかえって口に出せないのだ。

それに、真下が気になるのかなど直接本人に聞けるようなものではない。彼もそれ以後、真下のことをいっさい話題にすることはなく、このことに関しての安芸の本音はわからないままだった。

そうしていつしか月が変わり、本格的な暑さがつづく日々のなか、いつものようにあわただしくはたらいている沖田の許に吉報が飛びこんできた。

「ではご了解が得られたと……？　はい、ありがとうございます！　それでしたら週明けの月曜日、御社までおうかがいいたします」

電話を切って、ちいさくガッツポーズをつくると、沖田は自分のデスクから立ちあがった。

（よっし。これは絶対ものにするぞ）

電話の相手は沖田が営業をかけていた企業であり、熱心な売りこみが功を奏して、ようやくプレゼンまで持ちこんだのだ。

まずはお礼と報告を……と社員食堂のなかにある健康管理室へと出向く。しかし、目当ての安芸はおらず、きょろきょろ視線で探していたら、そこにいた栄養士の有森に笑われた。

「安芸さんなら厨房で調理師さんと打ち合わせ」

なにを言うまでもなくそれが目的とわかるほど、沖田はこまめにここへ顔を出している。礼を言って、厨房のほうに向かうと、ちょうど安芸がそこから出てきたところだった。

「あっ、安芸さん。いい報告」

喜色を浮かべて駆け寄れば、沖田の目と記憶とにすっかり馴染んだ細い肢体が振り向いた。

「なんですか？」

「社食のプレゼンが取れたんだ！　相手先の総務部長も同席してくれるみたいで、これはかなり見込みがありそうな感触だよ」

「それはおめでとうございます。どんな職種の会社ですか？」

ここの食堂の飲み物はセルフの機械で自由に飲める。沖田は安芸になにを飲むか聞いてから、アイスカフェオレのボタンを押した。

「インターネットが主な媒体の広告会社。ここ十年ほどで急成長したベンチャー企業の子会社なんだ」

携帯電話を筆頭とするモバイル市場の成熟やスマートフォンの普及によって、近年の日本はモバイルコンテンツ主体の企業が急速に力を伸ばした。

　不況下のいま、国内で金回りのいい会社は数がごく限られている。『ＭａｃＲｏ《マクロ》』というのはそのうちのひとつであり、三年前に株式市場への上場も果たした、いまもっとも大きな波に乗っている企業だった。

「税金で持っていかれるくらいなら、社員の福利厚生を充実させたほうがいい。たぶん、その思惑から俺の話に乗ってくれたみたいだね」

　冷たい飲み物が入ったグラスをふたつ手に持ち、沖田はテーブル席へと向かう。ひとつを安芸の前に、もうひとつを自分のところに置くと、沖田は会社案内のパンフレットを広げてみせた。

「電通や、博報堂みたいなのとはまったく違うタイプの会社。デジタルコンテンツを専門にしてるから、従業員の大半が二十代から三十代の後半まで。それで身体より、むしろ頭を使う職種で……って、これは前にも言ったよね？」

　安芸の知恵を借りるときにその会社のあらましを彼には伝えていたのだった。

「総務部長も俺より十歳くらいしか上じゃなくて、社員食堂の改革を面白がってくれたから」

「よかったですね。ほんとによかった。沖田さんはずいぶん頑張っていましたから。きっとうまくいきますよ」

この案件に関してはかなりの手助けをしてくれていたというのに、安芸はべつだん手柄顔をすることもなくただ本当にうれしそうな様子をしている。

「それで、そのプレゼンはいつですか?」

「予定では週明けの月曜日。提案する献立は安芸さんのアドバイスもあったからばっちりだしね。ただ……俺は外回りが長引いていて、試食はできなかったけど……まあ、それでも調理師さんに頼んでいたから写真はすでに撮影済みだし」

だから大丈夫と安芸に言ったら、彼が顎に手をやった。そうしてしばし考えこむような顔でいたあと、

「もしよかったら……試食用の料理をわたしがつくりましょうか?」

安芸の提案に沖田は一瞬耳を疑う。

「えっ、いいの? 本当に⁉」

「はい。この週末は空いているので、わたしがつくったものでよければ」

「うん、もちろん!」

うれしくて、思わず安芸へと身を乗り出したときだった。

「安芸くんそこにいたのかね?」

声のしたほうに振り向いて、沖田と安芸は目を瞠る。

(社長……!)

高級スーツに身をつつんだ初老の紳士は背後に秘書課長をしたがえている。柔和ななかにも威厳のあるその顔は、三光食料の代表として社員がつねに仰ぎ見ているものだった。

「はい。こちらで打ち合わせをしていたもので」

言いながら安芸が席から立ちあがり、同時に沖田も彼に倣った。

「途中で割りこんですまないが、少し時間をくれるかね?」

これは沖田への問いかけで、もちろん「はい」と返事する。

「先週の血液検査の結果が出たんだ。これを見て、なにかアドバイスがあるだろうか」

社長が手渡した書類を見て、安芸が穏やかな笑みを浮かべた。

「HDLコレステロールの値《あたい》がよくなってきましたね。これも社長の節制の賜《たまもの》かと思います。このの ち会食のご予定はおありですか?」

「ああ、それは……」

社長が秘書課長に視線を向けると、そちらのほうから返答がある。

「今夜は『あさつま』で懐石料理を食されるご予定です。今夜の分の献立表と社長のスケジュールに関しては、のちほど健康管理室までお届けします」

「ありがとうございます。でしたら、わたしもそれに応じてお勧めの朝食メニューをつくっておきます。血圧は安定しているようですから、昼食に関しては先週お渡しした献立表をそのままつづけていてもいいかと」

安芸の言うのに、社長が満足げにうなずいた。

「頼むよ、安芸くん。それからこのあいだきみからもらったハーブティーはまだあるだろうか？　あれを飲むと寝つきがよくなるような気がする」

聞いて、安芸がにこりと笑う。

「はい、お茶の葉は管理室にひと袋残っていました」

「それじゃあ、秘書にあとから取りに行かせるよ」

「承知しました。それで、ここの数値ですけど……」

皆まで聞かないで、沖田は静かに後ろにさがり、秘書の横に移動した。

「私のほうの用件は済みましたから」

小声で秘書に告げ、沖田はその場をあとにする。

さっきまでいたテーブル席から離れた場所で振り向くと、白衣の安芸がいつもと変わらぬ雰囲気で社長に応対しているところが視野に入った。

（安芸さんはかっこいいなぁ）

社長からも頼りにされるほど仕事ができて。だからといって、それを得意げに振りかざすわけでもなく。誰彼のへだてなしにいつもやさしく振る舞っている。

（俺にもそうだ）

安芸は沖田が味覚異常で困っていたとき、親身になって相談に乗ってくれたし、有益なアドバイスもしてくれた。

(……それが仕事と思っているから)

頭のなかで昏さを増した声がおのれにささやきかけた。それを無視して、沖田は外の廊下に出ながら、表向きの思考をつづける。

そう……安芸さんはいいひとだ。彼は健康管理室に顔を出せば、いつでも喜んで迎えてくれる。

(俺だからというわけではなく)

つねに穏やかで、リラックスしているふうで。彼が内面を晒《さら》すところは見たことがない。

(それは嘘《うそ》だ。あのひとにも顔面を強張らせる場面があった)

真下には多少のこだわりがあるのかもしれないが、それは沖田には関わりがない。個人の感情に立ち入るのは失礼だ。

(真下さんの問題にはおまえなんか関係ないと、心のドアを閉められたこともあったし)

ともかく明日は安芸の厚意でつくってもらった料理を試食し、週明けの仕事に備える。安芸に不愉快な思いなどさせないよう、こちらとしても気を配って。

(だけど、おまえはあのひとと上辺だけのつきあいで満足か? それよりも安芸さんがこちらにだけ気を取られる、そんな場面が見たくはないか?)

エレベーターホールではなく、ひと気のない非常階段に向かいつつ、沖田はポケットからスマートフォンを取り出した。

「……ああ、俺だけど。いま電話大丈夫?」

◇　◇

翌日、安芸を迎えたのは都心のタワーマンションで、フロア担当のコンシェルジェから連絡をもらってすぐに沖田はそちらに駆けていった。

「安芸さん、いらっしゃい!」

この階はエレベーターを降りたところに広いホールが設けられ、まるで高級ホテルのロビーにでもいるような雰囲気だ。少しばかり安芸が緊張した様子なのは、ここの豪華さに驚いているのだろうか。

「あの……これをつくってきたんですが」

彼が沖田に差し出したのは持参していた手提げ袋で、なかにはプラスチックの密閉容器が入っている。

「これは?」

「プレゼンの資料にあったデザートです。今回は試食だけということなので、こちらはあらかじめつくってきました」

「わ、ありがとう。手間をかけさせてごめんなさい」

恐縮して袋を受け取り、安芸をうながして廊下を歩く。

「メールで知らせただけだったけど、ここの場所、すぐにわかった?」

試食の場所は沖田がメールで指定した。それで最初は駅まで迎えに行こうかと提案したが、安芸が直接出向きますと辞退していたのだった。

「はい。駅からすぐでしたから」

彼の返答を聞きながら玄関の扉をひらく。まずは客を先に通して自分も入ると、廊下で相手を追い越してキッチンの場所を教える。

「こっちだよ。ざっと見てもらったら、リビングのほうへどうぞ」

ここのキッチンはアイランド型であり、白とベージュを基調にした上品かつ高級なスタイルだ。

(ここに来るとたいていの人間はびっくりした顔になるけど……)

沖田の見るところ、安芸も例外ではなかったらしい。ぽかんとした顔をして、新品同然のシステムキッチンを眺めている。

(やっぱり安芸さん、驚いている)

今日の沖田はスーツを脱いで、洒落《しやれ》たデザインのカットソーとボトムを身につけている。こんなふうな格好でハイグレードマンションの見本のような室内に立っていると、安芸はきっとびっくりするに違いない。その思惑が見事に当たって、沖田は大いに満足だった。

「飲み物はアイスティーでかまわない？」

「あ、はい」

いま、安芸はほかに気を逸《そ》らすことなく沖田のことだけを考えている。まるで視線が離せなくなったみたいにこちらをじっと見つめている。

（俺のことを意識してる）

安芸は女性とは違うから、異性として意識しているわけではない。けれども、彼の黒い眸に見つめられれば、あきらかに心拍数があがってくる。

「このデザートは冷蔵庫に入れておく？」

普通の口調をよそおうつもりが、語尾がいくぶん揺れてしまった。それをごまかそうとして、前髪をさらりとかきあげ、ことさらさわやかな笑顔を向ける。

「……安芸さん？」

彼がなにも言わないので、少しばかり心配になってきて、デザートの密閉容器をいったんカウンターの上に置く。

（もしかして、やりすぎた……？）

どん引きして帰るとか言われたらどうしよう。なんだこいつはと不愉快に思わせるのは沖田の意図するところではない。

「えっと、安芸さん。じつはこの部屋俺のじゃなくて、姉のなんだ。俺のところは調理器具がたいしてないし、ここならなんでも揃っているから」

これはあながち嘘でもない。彼にさっさと種明かしをしてしまって、いつもの雰囲気に戻りたい。

「ちょっとだけ、安芸さんを驚かせて……」

そこまで言ったとき、ふいに玄関で物音がした。

「ちょっとー。ハル、いるんでしょ？　出迎えに来なさいよ」

とたん、沖田は目を剝《む》いた。この声は間違いなく姉のものだ。

（なんで愛那《あいな》が帰ってきたんだ!?）

今日はスタジオ撮影で、終日留守にするはずなのに。

あせっているうちに現れたのは、ロングヘアに最新流行のドレスを着た若い美女で、つまりはこれが姉の愛那なのだった。

「あら、アイスティー？　あたしにもちょうだいよ」

キッチンに入ってくるなり、沖田の手元を見ての催促。彼女のおおせにさからうのは無理なことだと、すでに学習済みの沖田は棚から新しいグラスを出した。

「製氷機の氷じゃなくて、ロックアイスをつかってよ」

横柄に言いつける彼女になにかやり返しても無駄である。黙って命令どおりにしてから、つくりたての飲み物を差し出した。

「ああ、美味し。今日は外が暑いしね」

「なんで帰ってきたんだよ。今日はスタジオ撮りがあるから、一日留守じゃなかったのか？」

いちおう文句をつけてみたら、愛那はかるく肩をすくめた。

「相手役が体調不良で撮りは延期。空き時間で買い物に行こうと思って戻ったのよ」

「なら、直接そっちから行けばいいのに」

「冗談。スタジオに入るときと、買い物に行くときの格好がおなじとかありえないし」

ささやかに批判をこめたつぶやきは、高飛車な返答に退けられた。

「あー、愛那ならそうだよね。それであのひと、小野田《おのだ》さんは？」

愛那のマネジャーの名前を出したら、小野田は階下の駐車場にいると言う。

「すぐに着替えて戻るからって、下で待ってもらってる」

「じゃあ、さっさと……」

言いかけて、沖田は目を吊《つ》りあげた。

「あっ、こら。やめろ」

紙袋から取り出して、カウンターに置いていた密閉容器の蓋《ふた》を開け、愛那がなかを見ようとしている。急いで沖田は彼女の手からそれを奪った。

「なによ、ケチ。見せてくれたっていいでしょう?」

「これは仕事の資料なの。いいからもう車に戻れよ」

さすがに憤然として言い返したら、いきなり耳を摘《つ》まれた。

「てっ、いて、いててっ」

耳たぶに爪を立てられ、たまらず悲鳴がこぼれ出る。

「なにすんだよ⁉ 痛いだろ」

「うっさいわねえ。あたしにさからうならこうしてやる」

宣言するなり愛那は無体な所業におよんだ。沖田に抱きつき、そのメリハリのあるボディを擦《こす》りつけたのだ。

「うわ、やめろ。服が香水くさくなるだろ」

「なにその台詞。鷹丘《たかおか》愛那が抱きついてんのよ。もっと感激しなさいよ」

「姉さんにくっつかれてもうれしくないって!」

怒鳴り返して相手を見ると、彼女は笑いをこらえるような顔をしている。

いつものことだが、これが愛那の情の表しかたなのだ。

もう負けたと沖田は肩の力を抜いて、自分よりも下にある彼女の頭を撫《な》でてやった。

「相変わらず元気そうだな。こないだのドラマ観《み》たよ」

「ほんと⁉　あたし、どうだった？」

「テレビに映ると三割くらい太って……あいたた、そうじゃなく、演技は結構ましになった」

頬をつねられて言い直すと、愛那は「えらそうに」と返しながらもうれしそうな笑顔になった。

「あんたはどうなの？　あたしの誘いを蹴《け》飛《と》ばしてリーマンなんかになったんだから、ちゃんとやらないと許さないわよ」

「やってるって。今日も安芸さんに助けてもらって、試食をしてみる予定だから」

「安芸さんって？」

「前の電話で言っただろ。会社の管理栄養士さん」

ようやく紹介する機会ができて、沖田は愛那に抱きつかれたまま彼のほうに視線を向けた。

「安芸さん、こっちが俺の姉」

「はじめまして。陽明の姉、愛那です」

さすがは女優で、沖田の腕に手を添わせて姿勢を変えると、文句のつけようもないくらい麗しい笑みを浮かべる。そのいきおいに呑まれたのか、安芸がぎこちなく頭を下げた。

「はじめまして。沖田さんとおなじ会社で栄養士をしています。今日は勝手にお邪魔してすみません」

「あら、いいえ。このたびは弟がお世話になります」

愛那はさりげなく安芸を眺め、それから満足した猫のように両目を細めた。

(……へえ、そうか)

これは彼女が相手を気に入ったサインなのだ。

清潔な白シャツとチノパンツを着ている安芸はいくぶん地味めの印象だが、その分好感度は高い。ファンも多いが敵も皆無というわけではない愛那にも、彼は信頼できる人間と思えたようだ。

「どうぞごゆっくりしてらしてくださいね。ハルがここに友だちを連れてくるのはめずらしいので」

傍若無人な愛那にしては、丁寧な物言いだった。安芸もまた「ありがとうございます」と丁重に応じている。

安芸と姉のなごやかな雰囲気に思わず顔をほころばせた沖田だったが、つぎに発した愛那の言葉はいただけなかった。

「うちの弟は思いこんだらまっしぐらで、情の濃い性格だから、きっとご面倒をおかけしているのではないかしら。ご迷惑でしょうけど、友人として末長くおつきあいをしてやってくださいね」

「ちょ、なに変なこと言ってるんだ。情が濃いとか……安芸さんが誤解するだろ」

ないこと言うなと睨《にら》んだら「だってそうでしょ」と応酬された。

「モモヨのこと忘れたの？　あんたいまでもあの子のこと引きずってるし」

「引きずってやしないって」

「そんなこと言いながら、モモヨに似た子を見かけると、視線で追っかけていたじゃない。あんたはいったんハマったら、やたらしつこくなるんだから」

モモヨは実家で飼っていた猫だった。あるときふっと家を出てそれきりになったのだ。当時高校生だった沖田があまりに気落ちしたので、新しい猫はどうかと家の者に勧められたが、代わりなんかいらないと突っぱねた記憶がある。

「それは……そうだけど、いまここで言うことじゃないだろう！」

客の前だと言外に諫《いさ》めると、愛那は「あら」とようやく気づき、わざとらしくまつ毛をぱちぱちさせてみせた。

「ごめんなさいね。みっともないとこ見せちゃって」

「え、いいえ。そんなことはないですから」

安芸にすればそう言うしかないのだろう。困惑と驚きを浮かべつつの返答だった。

「愛那、もういいだろう？　小野田さんが待ってるし、さっさと着替えて階下《した》に行けよ」

安芸の前でのやりとりがもういい加減恥ずかしくなっている。ぶっきら棒な口調で言ったら、さすがに潮時だと思ったのか「わかったわよ」と踵《きびす》をめぐらせキッチンから出ていった。

「……ごめんなさい。まだお茶も出さないうちからあんなのが現れて。あいつはいつでもマイペースだから、安芸さん面食らってしまったよね？」

「あ、いいえ。お姉さんが女優であるとは知りませんでしたけど……お会いできて光栄でした」

安芸は沖田の顔を見ずにそう言った。

（女優がいきなり顔を出して驚いたのか……それとも）

沖田そのものに気持ちが引いたか。

（こんなつもりじゃなかったのになぁ）

安芸は仕事の手助けに来てくれたのに、驚かせて彼の関心を自分だけに向けたいなんて、欲張った結果がこれだ。

「少し休憩してもらってから、料理のほうをお願いできる？　つくるときには、もちろん俺も手伝うから」

落ちこみつつも神妙に頼んだら、彼がしばしためらってのち、ゆっくり沖田に視線を向ける。

「あの。モ……」

言いさして、安芸は口を閉ざしてしまった。

「え？」

「……いいえ、なんでも」

聞いても、あいまいな表情で首を振る。これはいつもの安芸らしくない態度だった。

(だけど、らしくないったって、俺が安芸さんのなにを知っているんだって話だよな)

穏やかな性格のやさしいひと。仕事熱心で有能な、尊敬できる栄養士。

沖田には親切で、真下のことは意識しまくっている。さらさらの黒髪は手触りがよさそうで、切れ長の眸の下についている泣きぼくろが印象的だ。

清潔そうな彼のなかでそれがバランスを崩していて、そのことで妙にそそられる感じがする。

(それに、あの指も……)

綺麗なかたちのあの爪は、誰かの背中に回されたことがあるのか。そんなことをふっと考えさせられてしまうような、どこか艶めいた細い指だ。

「ごめんなさい。飲み物出すのが遅れたね」

これ以上そのことを考えるのはまずい気がする。頭に浮かんだ思考を打ち切り、沖田はあらためてグラスについた水滴を拭《ふ》き取って、安芸にそれを差し出した。

「……なに？」

安芸がじっとこちらの顔を見つめている。その表情があまりいいものに思われなくて、沖田の声も翳《かげ》りを帯びた。

「その。こうして見ると沖田さんは本当に整った顔立ちですね。お姉さんと並んでいるとまるでドラマのワンシーンを観ているようです」

「……姉はともかく俺は一般人だしね、たいしたことはないんじゃないかな」

褒められたとは思わなかった。あきらかに線引きされてしまったようなへだたりが感じられる。つぎの台詞を聞きたくはなかったが、沖田は安芸の言葉を待った。

「ですが、おふたりとも並はずれた美男美女で……わたしがいるのは場違いみたいな感じでした」

瞬間、かっと頭のなかが熱くなった。安芸に悪気はないのだろうが、またも沖田の鼻先でドアをぴしゃりと閉められた気分になる。

「それで、安芸さんはなにを俺に言いたいの？」

自分が表情を失《な》くしているのが沖田にわかった。

この顔立ちはそうなると近づきがたい雰囲気になることも知っていて、しかし気さくに見られるように努めようとは思わなかった。

「安芸さんには俺みたいなのふさわしくない、一緒にいるのが場違いだって、そういう意味？」

「いいえ、そんな……！」

こんなにむきにならなくてもよかったのに、憤りが止められない。

安芸にだけは見た目で判断されたくない。その想いがことさらに感情を波立たせる。

(落ち着け、俺。もうこんなのは慣れているだろ。安芸さんに怒ったって……)

そのときだった。不意に安芸が腕を伸ばして沖田の腕を摑《つか》んできた。

「違います。聞いてください……!」

とたん、沖田はぎょっとして硬直する。

(うわ。顔、近い)

つま先立った安芸がこちらを直視して、どうしても聞いてほしいというように切羽詰まった声音を洩らす。

「沖田さんを顔で判断したことなんかありません。あなたは最初、いかにもしぶしぶといったふうに相談室に来たでしょう? めんどくさいなあって、態度のままで」

安芸の眸を見返したまま、沖田はこくこくとうなずいた。

「あなたはずぼらなところもあって、食料を専門にあつかう仕事をしているわりに食べることの大事さをわかっていないし、そのせいで体調を崩しているのに薬かなにかでぱぱっと治せばいいなんて考えで。栄養士として、わたしは本当に不本意でした」

そのあたりを指摘されると返す言葉に窮してしまう。もにゃもにゃと口の中でつぶやくと、さらに安芸が突っこんできた。

「これはもうなんと言って納得してもらおうかと頭をひねって。あのときはあなたの顔がどうとかなんて思ってもいませんでした」

憤然として、安芸が重ねて言いつのる。

「あなたは自分の体力を過信していて、すぐに治るとか言ったでしょう？　そのくせ疲れを滲《にじ》ませていて、適正体重も割りこんでいましたし。そんなあなたをイケメンだからどうだって思うはずがないでしょう⁉」

「だけどさっき、あなたは俺を線引きしたよね？」

そこは納得できないと述べてみたら、安芸がひるんだ顔をした。

「ほらね、やっぱりそうじゃないか。親切にしてくれるのも俺だからってわけじゃないし。あなたにとっては、俺はたかが会社のひとに過ぎないんだ」

言いながら、本音がぼろぼろ洩れている気もしていたが、安芸は強く横に首を振ってくれた。

「そんなことはありません。あなたはどうでもいいようなひとじゃないです。わたしのアドバイスを熱心に聞いてくれて、社員食堂のアイデアのことでは、こちらのほうこそもったいないと思うくらいの気持ちを聞かせてもいただきました。わたしにとって、沖田さんは『たかが会社のひと』なんかじゃありません。もっと……」

そこで安芸は不意に言葉を切ってしまった。

「もっと、なに……？」

彼の返事がすごく知りたい。

「言って、安芸さん」

願いをこめてうながすと、彼はうっすら口をひらいた。

「わたし、は………ヒック」

唐突に安芸の身体が上下した。

「え、なん……ック」

またも安芸の喉が鳴る。突然のしゃっくりが止められなくて、安芸は口元を手で覆った。

「安芸さん、大丈夫？」

「平気、で……ヒック」

しゃべると余計にしゃっくりが出るらしい。困った顔になっている安芸の様子を眺めると、口に当ててた指先が揺れているのに気がついた。

（震えてる……？）

安芸の台詞に気を取られ、うっかり見過ごしていたのだが、もしかしたらそれ以前から彼は震えていたのだろうか。

「……ひょっとして、あんなふうに俺が腹を立てたのが、びっくりして怖かった？」

年上で、いつも落ち着いた大人の安芸が。

まさかなと思いつつ訊ねたら、彼はこっくりうなずいた。

「お、沖田さんが、ヒック……別人みたいで……」

「じゃあ、このしゃっくりも動転したから……？」

駄目押しで聞いてみれば、安芸がまたもかぶりを振った。

「わ、わたし、は……」

どうしていいかわからぬふうに立ちつくす安芸を眺めて——沖田の腕が勝手に前に伸びていた。

「安芸さん、ごめん！」

細い肢体をぎゅっと抱きこみ、彼の耳に声を落とした。

「安芸さんを驚かせたら、俺に興味を持つかなと思ったんだ。だけど、安芸さんが場違いだとか俺に言うからカッとなって……」

馬鹿な真似《まね》してごめんなさい。もう二度とこんなことはしないから。

心底からあやまると、囲いこんだ腕のなかで安芸がちいさくかぶりを振った。

「許してくれる？　もう安芸さん、怒ってない？」

「怒ってはいないです。だから、あの……」

「なに？」

「う、腕を離してくれませんか」

言われてようやく気がついた。沖田は安芸の胴体に腕を回し、ぎゅうぎゅう抱きこんでいたのだった。

「あ。悪い……!」

ぱっと両手をあげる格好で離したら、安芸がその場に立ったまま顔をなかば伏せていく。

「安芸さん、どうしたの?」

「……なんでもないです」

か細い声が床に落ちる。見れば、安芸の耳の端がいい色に染まっていた。

(恥ずかしがってる?)

安芸が耳を赤くしたのは、自分の気持ちをあんなふうにまくし立てたからなのか。それとも、沖田を怖がったのを認めたせいか。

あるいは——沖田に抱き締められたためだろうか。

(それはないよな。でも、まさか……?)

期待半分で見ていたら、安芸が上目に視線を向けた。

「ちょっと……子供っぽかったみたいですね」

気恥ずかしそうに言ってから、不意に背筋をしゃんとして、表情をあらためた。

「それでは料理をつくりましょうか? 沖田さんもわたしの手伝いをしてください」

精いっぱいの威厳をつくろって述べたあと、踵を返して背を向ける。

その薄い両肩を視野のなかに入れたまま、沖田は前のめりの姿勢になって自分の顔の下半分を手で覆った。

（やばい。ツボった。なんかめちゃくちゃハマりそう）

こんな気持ちは初めてだった。安芸は同性で、おなじ会社のひとなのに。彼の言動のひとつひとつが沖田の情感を刺激する。

惑いつつ、しかし沖田はぎりぎりで自分の気持ちを抑えこんだ。

（このひとにはぐらぐらきてる。それは認める。だけど、ちょっと違うかもだし）

同性ながら安芸が好みにぴったりとハマるから、そんな気分になっているだけ。いくらいなと思っても、恋愛感情とは別物だ。自分には同性をそういう方面で好きになる、そんな素質はなかったはずだ。

（最初に体調の悪いところを助けてもらって、そのときからの依存心がついてるだけかも。いくらなんでも男にマジとかそういうのはないだろう？　わりと濃いめの友情ってところでよくない？）

そうした思考でなんとか気持ちに歯止めをかけて、沖田は安芸を追いかけた。

「待って、安芸さん。俺はなにから手伝えばいい？」

◇　　◇

明るいキッチンで、ふたり並んで作業をするのは沖田にとっては楽しいことだ。

「ねえ、安芸さん。このゴーヤはどうするの？」

「ああ、それでしたら縦半分に切ってから、なかの種をくり抜いてくれませんか。それから、内側を伏せて置き、五ミリくらいの薄さにスライスするんです」

白いところはスプーンで完全に取ってくださいと安芸が言う。

「そうしないと、苦みが強くなりますからね。スライスしたらボウルに入れて、塩を振っておいてください」

了解と沖田が応じて、教えてもらった手順で野菜を調理していく。自分の作業を進めながらそれをちらちら見ていた安芸が「ずいぶん手際がいいですねえ」と感心したふうな声を洩らした。

「自宅でも料理をつくられるんですか？」

「いや、ぜんぜん。指示どおりにやっているだけ。特別にむずかしいことでもないし」

沖田にしてみれば簡単な作業であり、できないほうが不思議だと思わないでもないのだが、それを言うと嫌みだと取られるので普通ならば適当に口を濁す。けれども、安芸にはもういいかと思うあたり、ずいぶん自分をさらけ出しているのだろう。

「あっ、だけど安芸さんに褒められるのは気分がいいから。もうちょっと言ってくれてもいいんだけれど」

照れ隠しというよりも冗談の意味合いが大きかった。なのに安芸は「そうですね」と真面目に受け取り、さらなる言葉を添えてくれる。

「沖田さんはじょうずです。それに……こうして一緒に料理をつくるのは楽しいです」

「うん、俺もすごく楽しい」

弾む心でこのタマネギはどうするのかと訊ねたら、ふたつに切って、ゴーヤとおなじくスライスすればいいと言う。

リズミカルに包丁を動かしながら、沖田はふっといまの状況を俯瞰《ふかん》するように眺めてみた。

(安芸さんは俺の隣で鍋《なべ》のなかをのぞいている)

鍋の中身はとうがんで、コトコトと音を立てゆっくりと煮あがっていく。ふたたび閉められた蓋の端からは蒸気が洩れて、それが沖田にいい匂いを運んでくる。

正午過ぎの明るいキッチン。安芸はぱたぱたと無駄なく調理を進めていって、いまは取り出した卵をボウルに割り入れている。皮を剝かれたニンジン。水に浸けてもどしたワカメ。

筋を取られたさやえんどう。調味料もすでに安芸の手で用意され、混ぜ合わされるのを待っている状態だ。

いくつもの手順を踏んで、何種類もの料理を同時につくっていく。それはさながら、さまざまな楽器を使ってひとつの曲を演奏するオーケストラのようだった。

「あのね、安芸さん」

沖田はおもむろに自身の想いを口にする。

「俺は自分から料理をしてみたいって思ったことはなかったけれど、食べることってこうした順序も入れて全部がそうなんじゃないかなって、いまなんとなく感じてる。剝いて、刻んで、煮て、焼いて。普段の俺はこうした手順は省いちゃって、出来あがりの状態を当然みたいに食べてるけれど、本当はこんな作業も『食べること』なのかもね」

いまさらな感想だけどと沖田が言ったら、安芸が真面目な顔をしてうなずいた。

「いえ、本当に毎日の生活で見過ごしがちな部分ですから。沖田さんがそう感じるのは大事なことだと思います」

視線を合わせて、それから互いに微笑《ほほえ》み合うと、腹のなかがほっこりと温かくなる。

(うん、たぶんこういうのも『食べること』だ)

それをこのひとが教えてくれた。

「安芸さんがこのキッチンに立つ前は、ここはただ綺麗なだけ、お洒落なだけの空間で……

だけど、いまはもっとしっかりした空気がある。こう思うのも大事なことかな？」

「はい」と安芸がうなずいて「沖田さんはとても頭のいい方ですから、ひとつのことをするときにでも、たくさんの思考や感性をめぐらせているのですね」

嫌みも、嫉妬も、引け目もない、沖田をそのまま肯定する口調だった。

さきほど安芸は『場違いみたい』と沖田に言って、心のドアを閉ざしたのに、いまはそれがひらかれているようだ。そのことが胸にじんと沁みるくらいにうれしいのは……沖田がどれだけこのひとの言動を気にしているかの証明だろう。

「今日のことが沖田さんの仕事のうえで役立てばいいのですが」

「それはもちろん。安芸さんには感謝してる」

われに返って告げてから、沖田は作業をつづけるべく豚肉の入ったパックを取りあげた。

「安芸さん、これは？」

「そちらは三センチくらいに切ります」

沖田の手伝いは安芸の分量にくらべたらささやかではあったけれど、一緒になにかをつくるのは出来合いの料理をともに食べるより気持ちの通じ合うことだった。

ここのレンジはＩＨで、炎が燃える様は見られないけれど、つぎのときにはもっと素朴な調理のやりかたも試してみたい。沖田がそれを安芸としたいと思うのは、贅沢《ぜいたく》すぎる望みだろうか。

「食器は社食で使用するのと似たものを用意したけど、これはどこに置けばいい？」

しばらくのちに、ほぼ献立が仕上がりかけて、それらを入れる器について沖田が訊ねた。

「そっちのカウンターにお願いします」

今日の献立は言うまでもなく社員食堂のシミュレーションで、基本は一汁三菜の組み立てだ。汁は、長いもとワカメの味噌汁。メインはゴーヤチャンプルーの梅カツオ味。小鉢にはとうがんの煮びたし。サラダはほうれん草とツナをマヨネーズで和えたもの。それらに白米の飯をよそった茶碗《ちゃわん》をくわえ、トレイに載せて、ダイニングテーブルに持っていく。

「うーん。美味そう」

とうがんと一緒に煮こんだ干しエビの色が綺麗だ。ゴーヤチャンプルーには目玉焼きが添えられていて、野菜の緑と、梅の赤と、卵の黄色が見た目にもいいバランスになっている。

つくりたてのこの皿からは食欲をそそる匂いが漂ってきて、眺めていると口のなかに自然と唾《つば》が湧いてくる。

「では、いただきます」

沖田もそれに唱和して、まずは味噌汁を口に運んだ。

「ん。美味い」

「この味噌はプレゼンの資料にあったものですね？」

「うん、いろいろ考えたんだけど、新潟の味噌蔵でつくっているのが、品質的にもコストの面でもいちばんよさそうだったから」

社員食堂はグルメを追求するレストランとはことなっている。ランチやディナーに何千円もの単価をつける料理と違い、社食のほうは一食分の材料費をさほど高くは設定できない。

ただ、そのあたりの調整は沖田が得意とするもので、いずれこの献立が実際の社員食堂で運営される段取りになったとき、どこでなにを仕入れるか、その試案も作成済みだ。

「梅干し和えのゴーヤを食べるのは初めてだけど、豚肉にも卵にもよく合うね」

「そうですか？　よかった」

沖田が言えば、安芸がほっとしたように微笑んだ。

「梅の酸味が利いてて、夏バテ中でも食が進みそうな感じ」

「こっちのとうがんはどうですか？」

問われて、沖田はとうがんにも箸をつけた。

「……んま。果肉が口のなかでとろけるー。それに、薄味が素材の旨みを引き立ててるし。干しエビがいい仕事してるよね」

にこりと笑うと、安芸がぱっと表情を明るくさせる。それがすごく綺麗に見えて、沖田はつかの間見惚《みと》れてしまった。

「……沖田さん？」

「え？　……ああ、このほうれん草も甘くて美味い。野菜って、いい味つけがしてあると自然な甘さを感じるね」

試食は仕事でしていることだと、おのれの気持ちを引き締める。強いて安芸から視線を外し、沖田は残りの食事を済ませた。

「ご馳走さま。美味かった、もう最高。これで月曜日のプレゼンは自信が持てた」

沖田が安芸に「ありがとう」と礼を述べると、彼のほうもうれしそうに会釈する。

「いいえ。こちらこそ褒めてくださってありがたいです。デザートお持ちしましょうか？」

「あ、いいよ。俺が行く」

腰かるく立ちあがり、沖田が冷蔵庫に入れていた杏仁豆腐を取ってくる。これはよくあるようなシロップ漬けのものではなく、プリンのようにグラスに入れて固めたものだ。

まずはひとくちと白いそれにスプーンを挿《さ》しこむと、そのやわらかさに驚かされる。そして口に入れてみると、さらに感慨は深まった。

（……これは俺のイメージを上回ってる）

沖田が普段しているようなレストランのメニュー開発であるのなら、試食を重ねるのは当然なのだが、社員食堂は味勝負というのと違う。むしろ、素朴な家庭料理に近いものがあるぶんだけ、その味わいの予想はだいたいつけられる。

沖田も出来あがりの写真を見て、食べたひとたちの感想も聞いていたから、料理の味に関してはおおむね推測どおりだった。けれどもこのひと品はいい意味で沖田の予想を裏切った。

「うん、いいね。舌ざわりがものすごくなめらかで、ツルっと喉を越していく」

沖田がつくづくといったふうに感想をつぶやいて「つくるときのコツとかあるの?」と訊ねてみたら、安芸は「多少は」とうなずいた。

「混ぜ合せた材料を鍋からボウルに濾《こ》すときに、丁寧にするのがそうです。あとは……美味しいものを食べてもらいたいというつくり手の愛情でしょうか」

安芸はごく真面目な様子でそれを言った。だから『愛情』というその単語に沖田が心臓を跳ねさせたのは、無意味に反応しすぎだろう。

「……これ、いいね。なんかもう月曜日のプレゼンは落ちる気がしなくなった」

にやっと笑うと、安芸がなにかまぶしいものを眺めるように両目を細める。

その顔がうれしくて、もっと自分を見ていてほしくて……沖田も安芸の眸をじっとのぞきこむ。

(もっと見てて。ずっと見ていて)

けれども、安芸はややあってから、まばたきして視線を逸らした。

「その……食べ終わったし、片づけましょうか?」

◇　◇

洗い物はこちらですると言ったのだけれど「わたしのほうが慣れていますし、いいですよ」と沖田を制して安芸がシンクの前に立った。

食器洗い機もこのキッチンには備えられているものの、あっという間にこの時間が終わるのはなんだか惜しいような気がする。だから沖田はあえてなにも言わないで、洗い物を片づけていく安芸の動きを見守っていた。

(やっぱ、安芸さんの指って綺麗だ)

爪も、関節のかたちもいい。濡れていると、余計にそそられる感じがする。

そんなことを考えて、おぼえずじっと見つめていたのか、安芸がいくらか居心地悪そうな様子になった。

(あ。意識してくれている……?)

困らせる気はないけれど、安芸が自分の視線を感じて反応するのはかなり楽しい。

(うつむいたきり、こっちを見ない。だけど無視してるわけじゃない。俺が隣にいるのがわ

かって、見つめられているのを知ってて、動きがちょっとぎくしゃくしてる)

見ないでくださいと言われたら、素直に凝視をやめようとも思っている。しかし、安芸はなめらかな左頬を沖田に見せて、黙々と手を動かしているばかりだ。

蛇口から流れる水。皿を持つ白い指。動きにつれて安芸のシャツも少しばかりかたちを変える。胸のところ、袖の部分——皺《しわ》がつくる影の位置がちょっとずつ移っていくのは、その下にある肉体がしなやかに動くからだ。

(シャツが邪魔だな)

ふっと、そんなふうにも思う。

(あれがなければ、もっとはっきりわかるのに)

いつの間にか安芸にすっかり見入っていて、ぼんやりとそんな思考を浮かべたとき。

安芸が目を瞠るのと、ガシャンという音がするのは同時だった。

「……ッ!」

「大丈夫⁉」

彼が手を滑らせて、杏仁豆腐の入っていたグラスを割ってしまったのだ。

「あ……すみませんっ」

「俺が片づけるから、それに手を出さないで」

言ったときにはすでに遅く、あせった安芸は闇雲《やみくも》に指を伸ばし、ガラス片で怪我をしていた。

「安芸さん、見せて！」

あっと安芸がちいさな声をこぼすのを聞きながら、沖田は彼の手を掬《すく》いあげる。

とっさの動作は傷の具合を確かめようとしただけで、なのに白い指先に五ミリほどの筋ができ、そこからうっすらと血が滲んでいるのを見たら、なにかがふっつりと切れてしまった。

「……っ、あ」

沖田がその指に唇をつけた瞬間、安芸は吐息だけのような色っぽい声を洩らした。

それを聞いたら、余計に理性が飛んでしまって、血と水に濡れている人差し指を口に咥《くわ》えた。

（美味しい）と思ったのは無意識ながらの本心で、安芸のつくる料理とおなじにこれもすごく舌ざわりがいい。

「お、沖田さん……離して、ください……」

言うのに、安芸は指をいっこうに引こうとしない。沖田がそれに指を絡めていったときも、びくんと背筋を震わせたのに「やめろ」と怒りはしなかった。

（これじゃ足りない）

もっと欲しいと、沖田が指から手のひらに、そして手首へと舌を這《は》わせた瞬間だった。

安芸の身体が目に見えるほど震えたのは、スマートフォンのバイブ音がふいに聞こえたせ

いだろうか。それは、沖田のポケットで唸りをあげ、電話の着信を報せていた。

はっとわれに返った沖田は、安芸と顔を見合わせる。彼もこちらとおなじように愕然とした様子をしていて、ついさっきまでふたりのあいだを満たしていた濃密なひとときが消えたことを教えていた。

（俺は、なにを……）

さっきのあれは完全に『会社のひと』にする行為とは違っていた。指をしゃぶり、手のひらを舐《な》め、手首にまで舌を這わせて……。

あんな真似は言いわけなんかできやしない。しかも、沖田は後悔するどころではなく、安芸が手を引っこめたのを残念に思っているのだ。

もう少しあの肌を味わっていたかった。袖をめくって手首から先も舐め、それから二の腕の内側に歯を立ててみたかったのだと。

「……電話、出ないんですか？」

どんなまなざしになっていたのか、指摘してきた安芸の声音はあきらかに震えていた。

そこでようやく彼の上から視線を外して、ポケットに手を入れる。

（真下さん……!?）

休みの日でも会社の用件で電話がかかってくることがある。だからと思って取り出した機器の画面は、いまもっとも話したくない人物の名前を表示させていた。

「……はい？」

無視しようかどうしようか一瞬迷い、それでも仕事のことだったらと受信のアイコンをタップする。しかし、電話の向こうの相手はいきなり沈んだ声音を出した。

『なあ、沖田。今夜出てこられないか？』

「え。悪いんすけど、いまちょっと……」

下手に返して、安芸に通話の相手を特定されたくない。しぶる口調で返したら、彼はあっさり引き下がった。

『電話はまずい状況か？　それならあとでかけ直す』

真下はたまに先輩風を吹かせるが、基本的に常識ある気遣いをするほうだ。このときも沖田の状況を彼なりに察したのか、無茶振りはしなかった。

『じゃあまたな』

「待ってください」

とっさに言ったのは、沖田の心中にひとつの想いが生じたからだ。

（安芸さんのこと、真下さんから聞いてみたい）

真下からは元同級生の、チームメイトと聞いていたが、安芸が示した反応とかけ離れすぎていて不思議な気がしていたのだ。

この機会に当時のふたりがどうだったのか知ることができたなら。

「いいですよ、つきあいます。俺のほうからあとで電話をかけ直します」

そうして真下が了承するのを待ってのち通話を切った。

「あ、あの……わたしはここを片づけたら失礼します」

沖田と目を合わせずに安芸がそう言ったのは、こちらを警戒しているからか。

(あんなことして……嫌われたかな?)

思うと、胸に痛みが走る。いまさら申しひらきもできず、沖田は「それより」と彼に告げた。

「絆創膏《ばんそうこう》を出しますから、その傷を手当てして」

「いいえ、いいんです。たいしたことはありませんから」

自分の手を守るように、安芸は腕を後ろに回した。

「このあと約束があるんでしょう? ざっとここだけ洗いあげたら帰りますね」

早口でそう言うと、シンクのほうに向き直る。

「安芸さん」

「血はもう止まっていますから。本当に平気なんです」

それを証明するように安芸は手早く割れたグラスを片づけて、残りの食器を洗おうとしはじめる。

(安芸さんは逃げたがってる……だけど、それはいいやりかたじゃないんだけどな)

逃げたら余計に追いかけたくなる。自分にはそうした性質があることを、たったいま彼が沖田にこのひとが教えたのだ。

沖田は安芸の真後ろに立ち、ゆっくり身を屈《かが》めると、彼の耳にささやいた。

「あんな真似をして、俺のことを怒ってる？」

吐息がくすぐったかったのか、安芸がびくっと肩をすくめる。

彼の身体のどこにも触れず、けれども離れることもせずに待っていれば「……いいえ」とか細い声が答えた。

「本当に？　また前とおなじように俺の相談に乗ってくれる？」

「乗りますから、あの……」

離れてくれと言うのかと思ったが、安芸は言葉を途切れさせるとシンクの端を両手で摑んでうなだれた。

そうして沖田が背後から彼の姿勢を見下ろせば、視界のなかで細いうなじが強調されてそこにキスしてみたくなる。

（安芸さんは男なのにな……）

これはさっきからおかしな気分が止まらないおのれへの牽制《けんせい》だったが、思ってみれば沖田は女に対してもこれほど衝動的な情感をつのらせたことはない。

（このまま後ろから抱き締めたいとか、嫌がって逃げたら追っかけて押し倒してしまいたいとか、どう考えても変だろう？）

そんなことは自分でもわかっていて、なのに沖田は妙な情動が抑えられない。

「怒ってないなら、こっち見て」

うながすと、安芸はしばらくためらってからゆるやかに姿勢を変えた。

（俺に追い詰められて、泣きそうに唇を歪《ゆが》めているのが……）

すごくいいと思うなんて、またひとつ新しい自分自身の発見だ。

安芸のなかで誰よりも沖田の比重が大きくて、それだけでいっぱいになればいい。そうしたことを願う沖田はなにかのラインを越えてしまっているのだろうか？

（だけどこのひとは、俺よりも真下さんのほうが気になる）

それは沖田の心のなかの動きとはまたべつの事実だった。

沖田を意識している以上に、安芸は真下にこだわりがある。真下の名前を無心で口にできないくらい、相手のことを気にしているのだ。

ふっと肩の力を抜くと、沖田は明るい笑顔をよそおう。

「今日は料理をつくってくれてありがとう。姉がいきなり戻ってきて驚かせたり、指に怪我をしたりして、もうこんなのはごめんだと思わないでほしいんだけど。この埋め合わせにまたモツ焼きをおごるから、それで許してくれるかなぁ？」

お願いと、甘えるような調子で言ったら、刹那《せつな》に安芸は目を瞠り、それから安堵《あんど》したように表情を緩ませた。

「許すなんて……怪我をしたのはわたし自身の不注意ですから」

安芸はたぶんそう言うだろうと思ったとおりの台詞で応じた。

けれども沖田はその反応を簡単すぎとは思えない。

(安芸さんはかなり鋭いところがあるから)

それゆえ沖田のごまかしを決して悟られないように、ごく慎重に振る舞っていかねばならない。

安芸が真下を過剰なまでに気にしていること、そしてそんな彼の気持ちに沖田が勘づき、それが気になってならないことを。

(もしもはっきり気づいたら、心を閉ざしてしまうだろうから)

もう鼻先でぴしゃりとドアを閉められたくない。ならばあくまでも明るい調子で、彼にじゃれて、なついて、甘えて。『会社のひと』と友だちの関係をじょうずに交えて安心させる。そうすれば、きっと安芸は年上の社会人の立場を守り、ただやさしいだけの顔を見せてくれるのだろう。

(それで、そのあとは……?)

そうしたおのれへの問いかけも、ちりちりと胸の奥が焦げるような熱感のその意味も、いまは答えを出したくない。

少なくとも、安芸にとって真下がどんな位置づけなのか、そのことを知るまでは。

だから沖田は細心の注意を払って、ちょっと行きすぎのスキンシップは困るけれど、憎めないところもある青年を演じてみせる。

「安芸さん、ほんとに血が止まったの？　なんだったらもういっぺん唾をつけてあげようか？」

「いっ、いりません！」

小首を傾げて悪戯っぽい調子で言ったら、安芸があわてて手を隠す。

「あはは」と朗らかに笑ったあとで「それなら代わりに絆創膏を貼っておこうか？」と救急箱の置いてあるパウダールームに足を進めた。

「プレゼンの結果が出たら、すぐに伝えにいくからね。この仕事をゲットしたら、お礼をするから食事に行こう」

この台詞にはたいして深い意味はない。安芸にそう思わせるよう顔だけを後ろに向けてかるい声をそちらに投げた。

「え、その……」

さらに安芸の惑う気配を封じるために、にっこり笑って言葉をくわえる。

「お礼が駄目なら、無事プレゼンを通した俺へのごほうびということで」

いいよね、と駄目押しで頼んでみたら、安芸がちいさく息をついた。

「まだプレゼンもしていないのに、もうごほうびの催促ですか?」

「そ。安芸さんの手料理を食べたんだから、仕事は取れるに決まっているし?」

勝気な台詞を吐いてみれば、呆れ半ば、感心半ばの返事が戻る。

「沖田さんのそういうところは……なんだかすごいと思います」

◇　◇

その日の夕刻、真下と会うために出向いた場所は、駅前ならわりとどこにでもあるような居酒屋チェーン店だった。お洒落感などまるでないが、男ふたりならそのほうが気楽だし、ついでにメニューもチェックして仕事の参考にさせてもらう。

真下とは前に何回か来たことのある店のなかに入っていくと、浮かない顔の男がすでにビールのジョッキを傾けていた。

沖田がその前の席に座り、研修中の名札をつけた店員に「生中ください」と注文したら、彼女はこちらの顔を見るなり目を瞠る。

一瞬知り合いかと思ったが、彼女の姿に見おぼえはない。なんだろうと思ううちにも彼女は沖田を凝視している。ややあってから、ようやくわれに返ったのか、あせった様子で頭を下げると小走りで去っていった。

「おい、イケメン。ナンパするな」

「してませんよ。もう酔っているんすか？」

見れば、真下の顔が赤い。彼は元々酒が強いほうだから、最初のビールでこんなになるわけがない。

「もしかして、ここに来る前から飲んでました？」

聞いたら真下が仏頂面でうなずいた。

「おまえのほうは楽しくデートでもしてたんだろうが。俺が電話したときになにをしてたか正直に言え」

「得意先に提案する献立の試食会」

「嘘つけ、こら。美女をいっぱいはべらせて、エロいことをやりまくって……」

言いかけて、真下は「すまん」とうなだれた。

「わざわざ来てくれたってのに、ろくでもない態度だったな」

「それはべつにいいっすけど……そんなになるのはめずらしい感じですよね。ひょっとして、彼女とトラブル？」

あてずっぽうで言ってみたら、正鵠《せいこく》を射たらしい。真下は「うう」とひと声唸ると、男らしいその顔を苦しげに歪ませた。

「……元は俺が悪いんだ。あいつとはもう七年もつきあっていて、ずいぶんと気が緩んでいたんだろうな。居心地のいい関係がこのままだらだら続くんだろうとなんとなく思ってて、将来のことなんてまるで考えていなかった」

　真下は彼女とおない年で、大学時代のサークル活動で知り合って、三年生になったころからつきあいはじめたのだと言う。

「だけど、あいつは俺と違って生真面目な性格だし、女の立場からしてみれば、こんなのでいいのかって迷いもあったんだと思う」

「もしかして、真下さん。彼女と同棲《どうせい》してました？」

「いや……でも、そうか。おなじようなものだろうな。しょっちゅうあっちに俺が泊まりに行ってたし」

　ほぼ生活をともにしている女性と、七年間もつきあっている。真下と彼女とはそれほど深い仲なのだ。

　沖田は脳裏に安芸の姿を思い浮かべ、それから運ばれてきたビールのジョッキに口をつけた。

「いっぺん俺とのつきあいを考え直してみたいって。俺にしてみりゃ突然の台詞だったが、あいつはずっといろんなことを考えていたんだろうな。だから、俺も真剣に返してやればよかったんだ」

「よかったって言うことは、そうしなかったわけですね？」

沖田が事実を確認すると、真下が情けない表情になる。

「……なんでそんなこと言うんだよって、逆ギレをしちまった。そのあとは売り言葉に買い言葉で引っこみがつかなくなって、仲直りができないままだ」

俺はほんと駄目だなあ……と真下がぼやく。

「あんなことを言わせる前に、あいつの気持ちをもっとわかってやればよかった。仕事が忙しいとかは言いわけにならないのにな」

真下には失礼なのだが、これは過渡期に来たカップルによくあるような展開だろう。彼女と別れてしまうのか、それともつぎのステージに進むのか。

「真下さんはそのひとと……」

結婚するつもりがあるのかと問いかけて口を閉ざす。下手に訊ねて、真下が彼女との結婚を決断する流れになるのはまずい気がする。

けれども別れればいいとも思いかねるのは、たんなる先輩への気遣いではなく、沖田の思考の根底に安芸の存在があるからだ。

（真下さんが彼女と別れてフリーになったら、安芸さんは喜ぶだろうか？）

それとも、元同級生が失恋して不幸になるのを悲しく思うか？

どちらだろうかと迷っているうち、さきほど沖田を凝視していた店員が料理の注文を取りに来た。それに応じて、沖田が刺身の盛り合わせをオーダーすると、彼女は手順にしたがって端末機器を操作したのち、ためらう調子で聞いてくる。

「あの……もしかして、ハルさん、ですか？」

沖田は内心で（あらら）と思った。そちらの名前で聞いてきたということは、沖田が学生時代にしていたバイトを知っている人間なのだ。

（いまだにこういうのがあるんだよね。もう四年も前のことなのに）

沖田は高校、大学と、ファッション雑誌の読者モデルをバイトにしていた。姉の愛那の言いつけで、忘れ物を撮影現場に届けに行って、その場でスカウトされたのだ。

それまでにも街なかを歩いていれば、しょっちゅうその手の声かけはあったものの、沖田は話に乗ろうとは思わなかった。

自分の顔を雑誌に載せたいとは思わなかったし、愛那から話に聞いていたモデルの仕事は『面倒くさそう』としか感じなかった。なのに、結局読者モデルを引き受けたのは、ピンチヒッターで一回きりとスタッフたちから拝み倒されたからだった。

（あれは、完全に騙《だま》された）

とはいえ、現場の雰囲気はアットホームで結構楽しく、やってみればロケも含めてモデルの仕事は面白かった。

つまりは、たんなる流れで入った業界に気づけばどっぷり浸かりこみ、社会人になるまでは読者モデルのハルとして毎月雑誌に顔を出していたのだった。

「ごめんね。俺はもうああいうのはやめたから。悪いけど内緒にしといて」

言いながら、沖田が自分の人差し指を唇の前に立てると、彼女は首が取れるかと思うほど何回もうなずいた。

「ありがとう。助かるよ」

「いっ、いいえ。やめられたのは残念ですけど、あたしはいつまでもファンですから！　これからもずっとずっと応援してます！」

力強く告げてから、彼女は上気した顔のまま去っていった。

「……おいこら、沖田。やっぱりナンパしてるじゃないか」

途中から割りこんできた店員に話の腰をあっさり折られ、真下が苦笑を頬に浮かべる。

それでも彼は沖田に打ち明け話をしていくぶん気が楽になったか、ここで最初に会ったときの荒れた感じはなくなっていた。

「そんなんじゃないですよ。昔のバイトのことでちょっと」

それよりも、と沖田は話を元に戻す。

「これから真下さん、どうするんです？」

考えてる、と真下は言った。

「おまえに愚痴ってかなり頭が冷えてきた。いつまでも無責任なことばっかしてられないしな。ぼちぼち腹をくくらないと」

冷静になったと真下が言うとおり、彼は普段とおなじくらいか、それ以上にきっぱりとした気配がある。

「聞いてくれてありがとな。この借りはいつか返す」

「俺はなにも。アドバイスらしいことも特にはしていないですし」

真下は元来自分のことを長々と話すようなタイプではない。その彼が沖田にはうまくいかない彼女との関係をこぼしたというならば、それだけ信頼されている証《あかし》だと思っていい。

「だけど、その言葉はおぼえておきます。真下さんならどんな無茶でも叶《かな》えてくれるに違いないから」

明るく返すと「おいおい」と言いながらも真下はなんとなくうれしそうだ。

(真下さんは頼りにされるのが好きだもんな。歳《とし》よりも落ち着いてるし、世間慣れもしているし)

そんな真下でも彼女から別れ話を匂わされ、逆ギレしてしまったのだ。

「ねえ、真下さん」

「ん、なんだ?」

「恋愛って、うまくいかないものなんですかね?」

「断定するなよ。俺のはまだ駄目だって決まってないぞ」

真下が嫌そうに顔をしかめる。

「おまえだって、引く手あまたなんだろう?」

「俺のほうはぜんぜん駄目で……ただの興味半分か、ピンポンダッシュみたいな相手ばっかりで」

「ピンポンダッシュって、なんだそりゃ?」

ビールのジョッキを持ちあげて真下が訊ねる。言葉どおりだと沖田は言った。

「俺ってたいてい相手のほうがふってくるんです。ひどいときは、最初のデートで別れ際にバイバイって。俺とデートして、これでもう充分だから。すごくうれしかったけど、毎日夢の世界では暮らせないって」

「……王子様あつかいも大変なんだな」

でしょう、と沖田はほろ苦く笑ってみせる。

「告られてオーケイしたら、プレッシャーで耐えられないって、そりゃないよって思わないすか?」

うーん、と真下は大きく唸り、それから「まあ飲め飲め」と沖田の肩をぽんぽん叩く。

「おまえはいいやつだから。気休めじゃなく、いつか必ずおまえに合った相手が見つかる」

「俺に似合った相手ですか……」

つぶやいて、沖田は（安芸さんに似合う相手はどんなだろう）と考えた。

彼はいったいどんなタイプが好きなのだろう？

「……今日俺はプレゼン用の献立の試食会をしたんですけど、その料理って安芸さんがつくりに来てくれたんですよ」

水面に小石を放って、その波紋を調べるように沖田は言った。真下は「ふうん」とうなずいてから「おまえ、すっかりあいつと仲良くなったんだなぁ」と感想を洩らしてくる。

彼はその顔にも声音にも格別な変化を表してはいなかったが、安芸を『あいつ』と呼んだのにはかちんときた。

「そうなんです。もうむちゃくちゃ親しい仲だからっ。俺はたぶんあのひとといちばん気が合うんじゃないかな！」

いきおいこんで沖田が告げたら、真下が両眉を引きあげた。

「そ、そうか？　よかったな」

「……ほんとによかったと思います？」

「もちろんだ」

ちょっと驚いた顔をして、それでもあっさりかぶりを振る真下の様子は、安芸に対していささかも含むところがなさそうだ。

「真下さんは安芸さんと同級生でしたよね？　学生のころ、あのひとどんな感じでした？」

「そうだなあ……課題とかはきっちりやるやつだった。ノートも丁寧に取ってたし、忘れ物もいっさいなかった」

「部活はどうです?」

「バスケのほうか? あっちは二年になったとき、あいつはいきなりやめてしまって……だけど、それまではシューティングガードのポジションで結構いい仕事をしてたぞ」

「なんでいきなりやめたんですか?」

沖田が聞くと、真下は「えらく突っこむなあ」と呆れたような声をこぼし、それから肩をひとつすくめて教えてくれる。

「わりとどこでもよくある話。大学受験に本腰を入れるから、部活はやめたいってことだった」

「それだけ? 誰かとトラブルを起こしたとかは?」

真下が安芸と揉《も》めた記憶があるのなら、多少は顔に出るだろう。そう思って眺めたが、彼は特別な反応を示さなかった。

「そりゃないな。優史は誰にでも親切だったし、体育会系の部活をやっているわりに、物腰がなんとなく……丁寧ってか、上品てのか? あいつに喧嘩《けんか》を吹っかけてくのはいなかった」

「安芸さんはふだんから立ち居振る舞いが綺麗ですしね」

真下が優史と呼んだのは面白くないのだが、その台詞にはうなずける。それにこうして聞いた感じ、本当に真下のほうでは安芸に対して格別の思い入れはないようだ。

おぼえずほっとして、刺身の皿に箸を伸ばしたときだった。

「そういえば……喧嘩とかじゃなかったけど、あいつを妙に気にしているやつがいたな」

たったいま思い出したと真下は言った。

「気にしてるって?」

「いや、たいしたことじゃないんだけど。バスケ部のいっこ上の先輩で『安芸はなんか未亡人みたいだなって』そんなことを言っていた」

「未亡人……?」

沖田が眉をひそめたら、真下がかるくうなずいた。

「俺も変なこと言うんだなって思ったけどな。なんか、地味めでひっそりしているんだけど、妙にそそられるっつうか色っぽい感じがするって。俺は特にそうも思わなかったから、聞き流してそれっきり。安芸もまもなく部活をやめてしまったし」

「その先輩はどうしました?」

「どうって……さあ、どうだったかな。ずいぶんと昔のことだし忘れたよ」

真下は興味がなさそうだ。おそらく沖田がしつこく聞いてこなければ、いっさい思い出さないようなエピソードだったのだろう。

しかし、沖田はそれで納得するような心情にはなれないで、むっつりと黙りこんだ。

(なんかすごく気分悪……)

なにが嫌だといって、その先輩だかなんだかの気持ちがわかると思っている自分がだ。おまけに、安芸の先輩がそのあとでどうしたのかわからないのが気にかかる。

(ひとつわかると、また気がかりか……)

なんでこう安芸は沖田の気を揉ませてくれるのだろう。本人に非はないと知ってはいるが、こんなふうにどんどん思考のぬかるみにハマっていくのはうれしくない。

「なあ、沖田。それよりTPPの折衝のことだけどな、今度の選挙で政治家が入れ替わったら、どんなふうな進展を見せると思う? 内閣府の試算によると、実質GDPはプラス方向に進むって話だが……」

これでその話題は終わったと、環太平洋パートナーシップ協定が農業にあたえる影響について、真下がおもむろに語りはじめる。その話に相槌《あいづち》を打ちながら、沖田は年上の栄養士をちょっぴり恨めしく思ったのだ。

◇　　◇

そして、月曜日。予定どおりにおこなわれた『ＭａｃＲｏ』子会社でのプレゼンテーションはすべてが順調に進んでいった。今回の提案は『やる気と、健康と、美しさ』をコンセプトにしており、会社での食事から社員のモチベーションをあげていくのが狙《ねら》いだった。

安芸のつくった献立はそれらを引き出し、維持するもので、栄養のバランス面では文句のつけようもない。沖田の仕事はそれらを安定して運営していくためのノウハウづくりで、こちらは人的、物的、そして金銭的な側面から社員食堂という形態を支えていくものだった。

（手応《てごた》えはたしかにあった。親会社の総務課長まで出席して熱心に聞いてくれたし、質疑応答も活発におこなった。これで通ったと思ってもいいのだろうけど）

それでも、結果が出るまでは安心できない。正式な通達をもらうまでの一週間、沖田の頭にはつねにそれが残っていて、相手側の稟議が下りたと聞いたときにはほっと肩の力が抜けた。

（これで安芸さんを食事に誘える）

健康管理室にはなんだかんだとほぼ毎日顔を出していたのだが、どちらも仕事が詰まっているから、ご機嫌うかがい程度にしか会話ができていなかった。急いた気分で社員食堂のなかにある管理室に入っていくと、沖田に気づいた有森がこちらに声をかけてくる。

「あ、沖田くん。昨日のクッキーありがとね。みんなで美味しくいただきました」

「あーいえいえ。お口に合ってよかったです」

沖田は健康管理室に顔を出すとき、こまめに差し入れを持っていく。日帰り出張の土産《みやげ》はもちろん、口コミで評判の菓子なども見つけては持っていくので、この部屋のスタッフたちからのおぼえがとみによくなっている。

基本気さくに振る舞う沖田はすっかり皆とも打ち解けて、ここにやってこない日は残念がられるほどだった。

(安芸さんは……)

彼を求めて視線をあちこちに移していたら、横からくすっと有森に笑われた。

「沖田くんって、本当に安芸さんにご執心ね」

「はは。やっぱそう見えますか?」

否定せずに頭を掻《か》いたら、彼女が「もう」と沖田を小突く。

「そこはあっさり認めちゃうんだ?」

「いや、だって安芸さんだから」

これだけしょっちゅう安芸を目当てに顔を出しているのだから、ここはもうひらき直っていいと思う。

「あのひとは誰にでもやさしいし、仕事はできるし、俺はほんとに安芸さんを尊敬しているんですよ」

沖田は安芸といるときがいちばん落ち着いて居心地がいい。いつでも穏やかに迎えてくれる安芸を見ると、日々の激務が癒されていく気がするのだ。

ただ……その裏側には、いつも不安が隠されていて、だからこそちょっとしたスキンシップがしたくなってしまうのだろう。

安芸といると、ほっとするのとおなじくらいに心の奥がちりちりと熱くなる。彼と話すと、癒されていくのと同時に気持ちがぐらぐら揺れてしまう。ふたつに分かれてさだまらない沖田の想いは、安芸に会うたびにひどくなっていくようだった。

「あっ、安芸さん！」

白いシャツとスラックス、そしてその上から白衣をまとう男を見つけ、管理室の入り口へと駆けていく。

「沖田さん、室内で走ってはいけませんよ」

いつかとおなじ台詞で沖田をたしなめながらも彼の表情はやわらかい。

「だけど、早く報せたいことがあって」

「じゃあ、あの仕事が取れたんですね？」

告げようとした内容を察してくれて、安芸が表情を明るくする。

「よかったですね。沖田さんが頑張ったからですよ」

安芸も相当手伝ってくれたのに、沖田の努力だと彼は素直によろこんでいる。その顔を見ていたら、なんだか胸が苦しくなって、沖田はごく衝動的に彼の両手を握り締めた。

「あの仕事はあなたとの共同作業と思っているから。よろこびは半分こ」

そう言って、安芸の手を摑んだまま上下に振った。すると、そんな子供じみた沖田の仕草に彼が口元を緩ませる。

「沖田さんは、もう……」

しかたがないなといったふうな顔つきに、こちらへの警戒心はうかがえない。それならば、もうひと押しと沖田はできるだけ天真爛漫《らんまん》な口調をつくる。

「俺はすごく頑張ったから、これでごほうびがもらえる資格ができたよね？」

にこにこしてねだったら、安芸は（えっ）という顔をした。

「共同作業と言ったのに、ごほうびですか……？」

「だって、前に約束をしたでしょう。一緒に食事をしてくれるって」

律儀な安芸はたぶん『約束』の文字には弱い。思ったとおり、少しばかりためらってからうなずいた。

「ありがと、安芸さん！　いい店を探しておくね」

握った両手を自分の胸に引きつけて、細い肢体を近づけさせる。すると、後ろから咳払《せきばら》いの音がして、安芸は両手を引っこめた。

「ちょっと、おふたりさん。ここにはあたしもいるんですけど？」

振り向くと、有森が腰の両側に手を当てて呆れたような顔をしている。

「ああ、ごめんなさい。ついうれしくて」

こういうときは悪びれたら負けである。にこやかにあやまると、処置なしと言わんばかりに彼女が両手を広げてみせた。

「ねえ、安芸さん。このひとこんなに美形のくせに、お尻のあたりになにかふさふさしたものがついてない？」

「ふさふさ……？」

沖田にわかったその比喩《ひゆ》は、安芸には通じていないらしい。

「俺が安芸さんになついてるって言いたいんだよ」

苦笑して、サマースーツの袖からのぞく腕時計をたしかめた。

「あっと、まずい。もう戻らなきゃ」

またあとでメールするから。そう言い置いて、沖田は健康管理室を後にした。

◇

◇

安芸との食事の約束は、しかしその晩果されることはなかった。アメリカ東海岸で港湾労働者組合のストライキがはじまった——その一報が沖田の楽しみを奪ったのだ。

港での荷積みがストップしてしまえば、入荷する食品の替えを手当てする必要がある。どんなトラブルが生じようとも契約の商品を滞りなく納入する、それが商社の務めだからだ。

とうもろこしはメキシコから、小麦はフランスから急遽《きゅうきょ》輸入することにして、各地の業者との交渉や、船便の確保などをしていたら、日々のルーティンな業務にもずるずると遅れが生じる。それればかりではなく、三光食料と契約している農家から今年のレタスは不作になりそうとの連絡も入ってきて、そちらの視察で長野県に行かなければならなくなった。

(ああもう。せっかく安芸さんが食事をオーケイしてくれたのに)

歯噛《はが》みしても、仕事とあればやむを得ない。さいわい安芸は沖田の詫《わ》びに不服を言うことはなく——残念がってくれないのが不満だと思うのは罰当たりな考えだろう——二週間後にようやく互いの日程を合わせることができたのだった。

「安芸さん、ここちょっと暗めだから気をつけて」

沖田が選んだ店の場所は青山通りから少し入ったところにある。小路にはちいさなカフェやバーに交じって、普通の民家も多くある閑静な地区だった。

細い道からさらに奥へと入っていくと灯《あか》りの届かない部分があって、沖田が腕を差し伸べればそれにつられてしまったようだ。無心な様子で沖田のスーツの袖を摑み、安芸は数歩進んでいくと、いきなり手を離してしまった。

「どうしたの？」

首を傾げて訊ねたら、安芸が困った顔で言う。

「女性じゃないからエスコートしなくていいです……」

「ん、そう？　だけどべつに女とか男とかは関係ないよ。俺は足元に気をつけてって思っただけ」

さあ行こ、と安芸の背中を押す格好で手を当てる。

（……安芸さんの香りがする）

市販のシャンプーの匂いとも少し違う、涼やかさを感じるこれは彼がくれたハーブティーに似ているものだ。今夜も安芸はすっきりした服装で、長袖の白シャツとグレーのスラックスを身に着けていた。

（こういうところを有森さんが目にしたら、またなんて言うのかなぁ）

安芸の同僚は沖田を彼の飼い犬のようだと評した。だとしても、これは安芸といるときにだけ見せる姿だ。

このやさしくて穏やかな年上のひとといると、うれしくて、慕わしくて、胸が弾む。劇的なことなどはなにもないのにいつの間にそうなったのか、沖田のなかにはいつもこのひとが存在するようになっていた。

(でも、まあいいか)

安芸を連れて隠れ家風のレストランに入りながら、沖田は彼の艶やかな黒髪を見ながら思う。

(どんなふうに見られたって、こうしてこのひとと一緒にいられればそれでいい)

この二週間というもの、仕事がめちゃくちゃに立てこんでいて、ほとんど安芸とは会えなかった。かといって、仕事中に出先から電話をするほど彼に対して差し迫った用件はない。三光食料に出社しても、社員食堂で食事をするような余裕がなく、かつてのようにデスクでパンを齧りながら、メールに、ファックスに、電話にと、休む暇なく対応に追われていた。

結局、半月近くのあいだ、沖田は教えてもらった携帯のアドレスに、おはようとおやすみメールを送ることとしかできなかった。

「沖田さん、少し痩《や》せてしまいました……?」

「自分では気づかないけど、そんな感じ?」

心配してくれればいいと思うのは甘えだろう。わかってはいるけれど、安芸がどう思っているのか確かめてみたくなる。

案内されたテーブル席に向かいながら訊ねてみれば、安芸が顔を曇らせてうなずいた。

「お忙しいのはわかっていたから、メールの返事は最小限にしましたが……もっと食事のこととかを聞いておけばよかったですね」

「じゃあ、つぎからはそうしてくれる?」

「ええ、かならず」

確約を取りつけると、自然と頬が緩んでしまう。会いたくても会えなかったブランクが、なおさら安芸の存在を求める気持ちになっていた。

「それにしても……沖田さんはさすがにお詳しいですね。ここはプチメゾン、というのですか? こんなふうな店に来たのは、じつは初めてなんですが」

ふたりして店に入ると、安芸が感心したように言ってきた。

「以前、都内にあるレストランの動向調査をしたことがあったから。目立たない場所にあるから飛びこみの客もないし、ゆったりと過ごすにはいい場所だと思うんだ」

この店はこぢんまりとしているが、雰囲気のある一軒家の造りをしていて、フランスで修行してきたグランシェフも相当に腕がいい。

当然、金曜日に予約を取るのはかなり先でないと無理だが、万が一のキャンセルがないものかと沖田が電話をかけたとき『もしかして、三光食料の沖田さま……？』と相手先に聞かれたのちは、あっさり席が用意された。

沖田は以前中間業者に頼まれてこの店に特別な食材を都合したことがあり、電話を受けた支配人はいまだにそのことをおぼえていたようだった。

「いらっしゃいませ。お待ちしておりました」

丁重な物腰でスタッフに迎えられ、通されたのは窓際の席だった。挨拶《あいさつ》に来た支配人が沖田にかつての礼を言い、それには予約を入れてもらった礼で返すと、場になごやかな空気が流れる。それから打ち解けた雰囲気の会話をいくつか交わしたあとで、

「それではどうぞごゆっくりお過ごしください。のちほどソムリエが参りますので」

支配人がお辞儀をして去ってから、まもなくやってきたソムリエと食前酒の相談をする。

「ブリュットのノン・ヴィンテージ、これでなにかお勧めがありますか？」

「でしたら、ルイ・ロデレールはいかがですか？」

ソムリエの提案に沖田がうなずき、ほどなく運ばれてきたシャンパーニュはグラスのなかを綺麗な金色で満たしていた。

「それじゃ、安芸さん。お疲れさま」

シャンパングラスを掲げると、それに倣った安芸のグラスとかるく合わせる。安芸には先に飲んでもらって、その感想を訊ねたら「辛すぎない辛口ですね。すっきりしていて美味し

いです」と答えてくれた。

「よかったー……。あ、料理は勝手に頼んじゃっててごめんなさい。嫌いなものは特にないと聞いていたので」

「いえ、そんな。気を使ってくださってありがとうございます。ここにわたしを連れてきてくれたことも」

「じゃあ、ここを気に入ってくれたんだ？」

「はい、とても」

微笑む安芸を見て、沖田はほっと自分の胸を撫で下ろした。

「前に行ったモツ焼きの店もいいけど、ここも俺は好きだから。いつか特別なひとと来ようと思っていたんだ」

なにげなく洩らしたら、安芸が両目を見ひらいた。

「どうしたの？」

「え、いいえ……なんでもないです」

ひさしぶりにゆっくりと安芸と過ごす時間が得られて、沖田は浮き浮きした気分でいる。

江戸前穴子とフォアグラのテリーヌからはじまった料理のほうも、安芸は「この味、好きです」と言ってくれて、ますますうれしい気持ちになった。

「安芸さんと食事をするのが遅くなって、それは本当に申しわけなかったけれど、いいこともあったんだ」

　それはなんですと安芸は訊ねた。

「もうひとついい報告を安芸さんにできるから。社食のプレゼンを通してくれた『ＭａｃＲｏ』の子会社なんだけど、じつはそのあとに親会社から新しい依頼があった」

「新しいって……？」

「あそこは急成長している企業で、それに伴って従業員も増えているんだ。いまのスペースじゃ手狭になって、もうすぐ元麻布に建てた自社ビルに移るんだけど、そっちのための社員食堂の提案もしてくれって」

「それって……」

　安芸が驚いて目を瞠る。うん、と沖田は誇らしげにかぶりを振った。

「もういっこ、プレゼンの必要ができたんだ。『ＭａｃＲｏ』社員食堂への取っかかりを摑んだから」

　おめでとうございますの言葉を聞いて、沖田は「まだまだ」と彼に告げる。

「これはただのチャンスに過ぎないものだから。何社かと競り合って、勝たないと駄目だしね。それで、このプレゼンをいいものにしていくためには安芸さんの力が欲しい」

「わたし……？」

「そう。今晩はこれを頼むつもりだった」

真っ白いクロスのかかったテーブルをあいだに挟み、沖田は真剣な表情になる。

「こんどの案件は半端なく大きいんだ。安芸さんに依頼するのは俺個人じゃなく、会社側から自社の栄養士へのそれになる」

だけど、と沖田は言葉を継いだ。

「そういうのとはまったくべつに、俺が安芸さんに頼みたいんだ。俺のために力を貸してほしいんだって」

「沖田さんのために、ですか?」

「うん。俺は安芸さん以外のパートナーを考えられない。今回の案件に関しては、たぶん複数の人間が動いていくことになる。俺以外にも食料流通本部から部員がヘルプに入ってくるし、うちの調理師や外部のフードコーディネーターがスタッフとして導入される。だけど、この仕事の肝になるのは安芸さんの存在なんだ。ほかの誰でもない安芸さんが必要だから、あなたがうなずいてくれなくちゃこの話は進まない」

だからお願い、と沖田は安芸の手を取った。

「俺と一緒に『ＭａｃＲｏ』の仕事をしてください。安芸さんが素晴らしい栄養士だってことはとっくに俺は知っているけど、それを『ＭａｃＲｏ』の従業員にも教えてやってほしいんだ。彼ら約千人の『やる気と、健康と、美しさ』を引き出せる食事。それを安芸さんの手腕でつくってほしいんだ」

真正面から彼の黒い眸を見つめて、あなたでなければと沖田は告げる。

「自信がないとは言わせないよ。あなたはできるし、それを俺は知っている。あなたは俺に『はい』と答えてくれればいいんだ」

このとき沖田は周囲の様子がまったく気にはならなかった。店内はそれぞれの席のあいだに充分な距離があったし、そうでなくても男が男の手を握り、懇願の視線を向けていることが奇異に見えてもどうでもよかった。

（頼むから、うんと言って）

沖田はそれしか望んでいない。安芸がここでうなずいてくれるのは、とても重要なことなのだ。

（ずっと俺の傍《そば》にいて。力になると誓ってほしい）

会えなくても、離れていても、気持ちは繋がっているのだと。

「……わかり、ました」

安芸はつかの間逡巡《しゅんじゅん》したのち、こっくりとかぶりを振った。

「非力なわたしですけれど、沖田さんの仕事のうえで役立てることがあれば」

「え、本当に……!?」

食事中に腰を浮かせるのは行儀が悪い。ましてや、優雅なプチメゾンの店内ならば。それはわかっていたけれど、我慢できずに立ちあがって身を乗り出した。

「安芸さん、ありがとう！」

たぶん、その声はごく静かな店内では音量が過ぎたのだろう。沖田はまもなくそれを悔やむことになったが、いまこのときは目の前にある慕わしいひとのことしか考えていなかった。

「すっごくうれし……」

その声がふっと途切れてしまったのは、こちらを見ている視線に気づいたからだった。

（……真下、さん……⁉）

スタッフに案内されて店内に入ったところで、真下はびっくりしたように立っている。その隣には、彼とは身長差のある若い女性が寄り添っていて、おなじく目を見ひらいて沖田たちの席をまじまじと眺めていた。

「あっ……と」

とっさに沖田は安芸のほうに目線を移した。彼がショックを受けないはずはないのだが、実際に硬直した姿を見るとフォローの言葉に窮してしまう。

その間に真下は足を進めてきて、沖田たちの傍に来た。

「やあ優史、ひさしぶり。沖田と仲がいいのってほんとなんだな」

「……ええ、そうなんです。今晩は沖田さんにここへ誘っていただきました」

つかの間の強張りを解き、安芸は淡々と応答する。

「偶然ですね。今夜ここでお会いするとは思わずに驚きましたが」

「ああ。この店は部内回覧の資料で知っていたからな」

それを聞いて、沖田は内心舌打ちした。

回覧で見た資料とは、以前に沖田が作成していた市場調査のレポートだ。つまりは、自分が真下をこの店に来させる原因をつくったのだ。

（俺の馬鹿。こんなことなら、真下さんが絶対に来ないような店を選んでおくんだった）

眉を寄せて見守る沖田は内心はらはらしていたが、安芸は穏やかな表情を崩さなかった。

「真下さんはあちらの方とデートですか？」

「ああうん、そうなんだけど……」

真下はちらっと水色のワンピースを着た女のほうに視線を向ける。

「うちのやつも沖田のファンみたいだな。おまえを見た瞬間に驚いた顔をして『ハルさん……』と言ってたからさ」

「あー……それは」

沖田のほうでは彼女の顔におぼえはない。だとすると、読者モデルの『ハル』の姿を雑誌で見知っていたのだろう。

そのことは真下には告げていなくて、どう言おうかと迷っていたら、店のスタッフが近づいてきて「ご予約の真下さまでございますね？」と小声で聞いた。

「ああ、そうだ。ここで偶然友人と会ったから」

「さようでございますか。ご予約は二名さまで承っておりますが……」

それからふたりが揃って真下の連れを見る。彼女はこちらに来ることを遠慮して、しかしそわそわした様子なのは、明らかにこの席の人間たちに気を惹かれているからだ。

そう沖田が思ったことを真下も同様に感じたのか、苦笑しながらこちらに顔を戻してくる。

「なあ、沖田。食事の邪魔をして悪い。だけど、もしよかったら相席させてもらえないか?」

「え、でも……」

安芸のほうをちらっと見たのは失敗だった。席に座ったままの彼は変わらずにこやかに微笑みながら、どうぞというふうにうなずいた。

「わたしはべつにかまいませんが? 沖田さんが不都合でなかったら」

そう言われれば、無下に断れるものではない。結局、沖田の隣に真下が、安芸の横には彼の連れが腰を下ろした。

「すまないな。割りこんで」

真下の詫びに、安芸は「いいえ」と平静に応じている。

「元同級生と、おなじ部署の沖田さんとのテーブルですし。相席していただくのは、こちらは少しも」

やわらかな応対に、最初は恐縮していたふたりも次第に打ち解けた様子になった。

すでに料理は頼んであったか、ワインだけを注文し、それを安芸と沖田とに振る舞ってくれるころには親しげな会話が席上で交わされている。

「今日はこいつの誕生日だったんだ。だからちょっと奮発して、いいとこに来たんだよ」

「え、そうなんですか？　だったら、おふたりきりのほうがよかったんじゃありませんか」

真下の言うのに目を瞠った安芸が、つぎの瞬間には心配げな表情になる。

「せっかくの記念日ですのに」

「ああ、いや。いいんだ。誕生日ならこれから先何回でも祝えるし。それにこいつがよろこぶと思ったからこの席に割りこませてもらったんだ」

真下が「こいつ」と言うときに、愛情のこもったまなざしを彼女に向ける。

「なあ、よかったろ？　沖田とおなじ席に座れて」

うれしくて、恥ずかしい。彼女はそんな表情でこっくりとうなずいた。

「同席させてくださって、ありがとうございます」

赤くなってうつむく彼女は、ちいさくて、可愛《かわい》くて、おとなしそうだ。

(だけど、きっと芯《しん》は強い子なんだろうな)

そうでなければ、彼女と仲違《なかたが》いをしたときに真下があれほど取り乱したりはしないだろう。

「真下さんは『ハル』って名前で俺がなにをしていたか知ってました？」

「いや、ぜんぜん。ただ、前に居酒屋の店の子が沖田のファンだとか言ってたし、おまえからも昔のバイトがどうとかって聞いたしな。だから、そういう感じの仕事を学生時代にしてたのかと思ってた」

ということは、くわしい事情は不明ながらも彼女がよろこぶと思ったから、沖田との相席を頼んだのだ。

(太っ腹、というのか余裕? だとしても、俺のバイトがなんだったかを詮索してこないのは真下さんの気遣いだろうな)

社会人になったいま、大っぴらにしたいようなことでもないが、隠すほどのものでもない。

「もしかして、昔あの雑誌を見てました?」

沖田が彼女に話しかけたら、相手は「はい」とうなずいた。

「毎月楽しみにしてました。あの。お会いできて光栄です」

「光栄とかそんなふうに言われるほどのものじゃないです。ただの読者モデルでしたし」

沖田がモデルをしていたと知り、真下と安芸が驚く顔をこちらに向けた。

「でも、すごく……素敵でした。姉があの雑誌を買っていて、だけどわたしも自分用に取っておくために買いましたから。いまでも実家にはあの雑誌が置いてあります」

小声で彼女が告げるのに、表情をあらためた真下がにやにや笑いを見せる。

「借りてきた猫だな、まったく。もっといつもの本性を……って!」

真下がちいさく叫んだのは、きっと彼女に足を蹴られたせいだろう。

「ほらな、乱暴なやつだろう？」

面白そうに言いながら、けれども真下の視線も声も大事なものに向けられるそれだった。

（なんか……すごくむかむかしてきた）

真下も彼女も悪くない。相席を承知したのはこちらのほうだし、『ＭａｃＲｏ』の件は安芸からすでに承諾をもらっている。仕事の話はひとまず終わっているわけで、親しくしている会社の先輩とその彼女とを交えても、ちっともかまわないはずだ。

なのに、どうしても不快な気分が拭《ぬぐ》えないのは、ここに安芸がいるからだ。

真下のことをあんなにも意識していた安芸なのにこの状況は平気なのかと、そればかりが気にかかる。

「真下さんがからかうから悪いんですよ。……もしよかったら、モデル時代のこととかを話しましょうか？」

沖田が彼女にそう聞いたのは、そっちの話題にしておけばいくらかましかと思ったからだ。

（たぶん安芸さんは……）

真下が安芸との昔話をすることも、彼女とのあれこれを語ることも、きっと避けたいんじゃないだろうか。

沖田なりに安芸の心情を察したつもりで、以後は自分のモデル時代のエピソードを面白おかしく話して聞かせた。

「……でね。ああいう業界は、季節先取りが普通だから。秋服を春に撮るのはよかったけれど、ノースリーブとハーフパンツで真冬の海に入ったときは鳥肌全開でほんとまいった。水は冷たいし、海風は凍るようだし、そのうえ足元は裸足《はだし》だし。でもそれは夏向きのやつだから、まぶしい陽光を浴びているイメージでって、カメラさんには言われちゃって」

くだけた口調を意識して彼女に楽しんでもらうのは、沖田にとっては簡単なことだった。真下も彼女が目を輝かせて沖田の話に聞き入っているその様を満足そうに眺めている。

(安芸さんは……ごく普通に微笑んでいる)

だけど、沖田にはわかっていた。安芸はこの状態を楽しむような心境にはないだろう。微笑みの裏側で、おそらくは心を固く閉ざしている。

沖田は機嫌よさそうに談笑しつつも、何度となく「これで失礼させてもらっていいですか?」と言いたくなった。

(ここから安芸さんを連れ去りたい。このひとを哀《かな》しませるひとたちと一緒にさせていたくない)

それでも沖田はデザートの直前までは我慢した。安芸の手を強引に引っ張ってこの店を出ていけば、かえって彼をつらくさせる。そんな気がしたからだ。

そうして、メインの皿が下げられ、あとはデザートを待つばかりとなったとき。

「すみません。俺たちちょっとこのへんで。仕事のほうで新規の案件が入ったんで、そのための偵察に行きたいとこがあるんすよ」

いかにも申しわけなさそうに、沖田は真下に断った。

「ねえ、安芸さん。さっき俺につきあってくれるんだって言ったよね？」

事実ではない話を振ったが、安芸は黙ってうなずいた。

「中座してごめんなさい。時間制限のある場所なので。ワイン、ご馳走さまでした」

これは真下の彼女に言えば「こちらこそ、お時間を取ってしまってすみません」と向こうからもあやまりの言葉が返った。

そうして、互いに頭を何度か下げ合ってのち席を立ったら、真下が真面目な顔つきで告げてくる。

「今晩はありがとな。年末に挙げる式にはふたりを呼ぶから、都合をつけて出席してくれ」

「……真下さん。彼女と結婚するんですか？」

聞いたのは沖田だった。安芸は沈黙を守ったまま、その場にじっと立っている。

「ああ。あのとき沖田にも迷惑かけたが、なんとか仲直りができたしな」

「いえ、俺なんかただ話を聞いただけで、ぜんぜん役には立ってませんし……でも、おめでとうございます」

この台詞にはわれながらお義理感が滲んだが、沖田の真面目な顔つきがそれをフォローしたようだ。

　こちらの心情には気づかずにうなずく真下を見たのちは、これ以上の長居は無用と安芸の腕をそっと取った。

「行きましょうか？」

　彼は逆らわず、まるで人形かなにかのように沖田に引っ張られてついてくる。

（くそう……）

　なんだかもう無性に腹が立っていて、なのに誰をも怒れない。この憤りをぶつける対象もないままに、沖田は店の勘定を済ませると、安芸と一緒に外に出た。

「沖田さん、今夜はご馳走さまでした。わたしは、これで……」

「失礼します、とは言わないで」

　安芸をさえぎって、きっぱりと沖田は告げる。それから彼の手首を握り、路地をどんどん歩いていった。

「お、沖田さん……？　いったい、どこへ？」

「とにかくここから遠い場所」

　安芸は腕を引っ張られているせいか、前のめりになっている。それでも、手を離せと叱りはしないし、青山通りに出たときも恥ずかしいからやめろとは言わなかった。

　そうしてたっぷりひと駅分歩いたときには代々木公園の前に来ていて、そこでようやくふたりして足をとどめる。

「ごめん、めちゃくちゃ早足で歩かせた」

安芸は呼吸を荒くしていた。それに気づいてあやまると、彼は地面を見つめたままぽつりと声を落としてくる。

「……ありがとうございます」

「なんのお礼？」とは聞かなかった。安芸の唇がかすかに震えていたからだ。

「公園内の店はもう閉まっているし、どこかでお茶でも飲んでいこうか？」

代わりの言葉を口にして、沖田が踵をめぐらせたのに、安芸はそこから動かなかった。

「安芸さん……？」

「……沖田さんは、もう……気がついているんでしょう？」

そうだと認めたくなかったけれど、沖田は首を縦に振った。

「どこで気がつきました？　わたしはそんなにあからさまだったですか？」

「いや。さっきのときもその前も、安芸さんはごく普通の態度だった。べつにどこがどうとかっていうのじゃなく、ただ俺がそうかなと思っただけ」

本当はそれだけのことではなかった。実際には、沖田がごく注意深く安芸を見つめつづけていたからだ。

彼のちょっとした視線の変化や、かすかな表情の動きからそれを汲み取っただけのこと。

しかし、そうは言えなくて沖田はあいまいな調子で返した。

「いつから安芸さんはあのひとのこと……」

うつむいたのはあまりにも胸が苦しくなったせいだ。

地面から伸びているおのれの影は光線の加減のせいか、安芸のものと部分的に重なっている。

けれども影だけが交わっていて、安芸の心はここにはない。さっきの男がもう何年もそれを所有しているからだ。

「高校二年になったとき。あのころ、わたしは自分の性癖に悩んでいて……もしかしたらそうなのかと思ってはいたものの確証がなかったんです」

「真下さんが……それを気づかせた当の相手？」

「はい。バスケ部の先輩がわたしに迫ってきたときに、彼が助けてくれたんです。そのときに、はっきりとわかりました。わたしは……彼が好きなんだって」

沖田はひそかに拳《こぶし》を握った。わかっていても、その言葉をはっきりと聞きたくなかった。

「それってどういう流れだったの？」

おそらく安芸に迫ったのは、彼を『未亡人』みたいだと言っていた先輩だろう。詳細を知りたくはないけれど、訊ねずにはいられなかった。

「あのひとは先輩が絡んできたのに気づいてくれて、適当な言いわけを残しながらわたしと一緒に逃げました。腕を摑んで、大股《おおまた》で。わたしはそのとき胸がすごく苦しくて、なんだか泣きそうになっていて、でも大揺れに揺れる気持ちを消してしまいたくはなくて……それでわたしはわかったんです。自分が男を好きになる性質だって」

「そう……」

沖田はぽつんとそれだけ言った。

(だったら、俺もおなじだな)

さっき、沖田は安芸の手首を摑んで歩いていたときに、おなじような気持ちになった。いてもたってもいられなくて、胸が苦しくて、哀しくて、それでもその感情がなければいいとは思わなかった。

(そうか……俺は、安芸さんがそういう意味で好きなんだ……)

本当にいまさらだろうが、その認識が空からぽつんと落ちてきて胸のなかでじわっと広がる。

(もうとっくにハマってたんだ。ちょっと濃いめの友情みたいなもんじゃなくて)

二十六歳にもなって、いい加減にぶいと思うが、沖田はこれまでまともな恋愛はしてこなかった。たんなる憧《あこが》れや、一方的な夢想の押しつけ、それらがあまりに多すぎて、かえって普通の恋愛からは遠かったのだ。

——あ。そういえば、あんたぜんぜん遊んでいないらしいじゃないの。モデルのときの友だちがつれないってこぼしてたわよ。

愛那の部屋を借りたとき、翌日その礼に電話をしたら、彼女はそう告げてきた。

――そういやここんとこ連絡も取ってないけど……俺はもうそういうのはいいかなぁ。

沖田の相手はたいていがモデル時代に知り合った年上の女性たちで、彼女たちはじょうずにこちらと遊んでくれた。

恋愛未満の、楽で、心地よく、かるい関係。そんなことがいいように思ったこともあったのだ。

――まあ、そうかもね。あんたは女とファッションで寝る性格じゃないものね。

――なんだよ、それ。そういう話、愛那としたことあったっけ?

――しなくたって、わかるわよ。何年あんたの姉やってると思ってるの。あんたが好きなのは言葉遣いや物腰が端整なタイプじゃない。真面目そうだけどただお堅いって印象じゃなく、地味めだけれど雰囲気があるって感じの。たとえば……そう、昨日あたしの部屋に来た安芸さんってひととかね。

そのとき沖田はぎくりとしたのだ。

――ば、馬鹿言うなって。あのひとは会社のひとで、男だろ。

――だからぁ、あたしはたとえばって言ったでしょ。ああいうタイプの女性ってこと。

(あのときに気づいてもよかったのに)

ああいうタイプの女性ではなく、安芸そのものが好きなことを。

「……わたしのことを気持ち悪いと思いませんか?」

細身のシルエットを映した影にかすれた声がぽつりと落ちる。はっと沖田は顔をあげた。

「そんなこと、絶対ないから!」

気持ち悪いと思うどころか、沖田だって男の安芸が好きなのだ。そこはめいっぱい力を入れたら、安芸は納得したようだ。

けれどもいまだ安芸の表情は沈んでいて、どうにかして励ましてやりたくてしかたがなくなる。

「真下さんも安芸さんを気持ち悪いと思っていないよ。ひとを好きになるのって、どうしようもないことだから」

自分の心情も含ませてつたえたら、安芸がどちらともつかないふうにかぶりを振った。

「あのひとには、わたしの気持ちを言ってはいません。だから平気でいるんです」

それに……と安芸は言葉を継いだ。

「きっとそのことを彼が知ったら、気持ち悪がるに決まっています」

「そんなのないって」

「そうなんです」

安芸はきっぱりと言いきった。

「先輩からわたしをかばって、ふたりして相手から充分離れた距離まで来たとき、あのひとはつぶやいたんです。『なんだ、あいつ。男が好きとかキモイ』って」

「それは……」

沖田は絶句してしまった。そのタイミングで吐かれた台詞は安芸にはショックだったろう。

（ちょっと真下さん、タイミングが悪すぎる……）

真下のそれはあくまでも安芸によからぬことをした先輩への反感が言わせたことで、彼にそうした差別意識があったとは思えない。

だが、おそらくは安芸の胸をその言葉がつらぬいて、消えない傷として残されたのだ。

（好きだと気づいて、そのすぐあとに見こみがないと知ったんだ）

そう……安芸を好きだとはっきり自覚してまもなくに、その当人から真下が好きだと聞かされた自分のように。

「それでも、まだ……あのひとが好きなんだ？」

空に蓋がしてあるような、蒸し暑い都心の空気が沖田の肺と心とを濁らせる。安芸がうなずくまでもなく、沖田はとうにその返事を知っていた。

「好きだとも言えないままで十年以上経《た》ったあげく、真下さんの婚約者を見せられて……それでもまだ未練があるの？」

安芸は子供じみた仕草でこっくりとうなずいた。

「理屈ではないんです。どうしてこんなに忘れられないのかわかりません。心に焼き印を押されたみたいに、あのひとの存在がいっこうに消えなくて……」

「そっかぁ」

その気持ちならよくわかる。たぶん、沖田も十年経ってもまだ安芸が好きだろう。

「じゃあもうほんと、しかたがないね」

それは自分自身にも言い聞かせる言葉だった。

「ひとを好きになるのって、ほんとに理屈じゃないものね」

歳が上だとか下だとか、男なのか女なのか、そんなことをすっ飛ばして沖田は恋に落ちたのだ。

「聞きついでに、もうひとつ教えてくれる？　嫌なら答えなくてもいいから」

そんなふうに前置きをし、沖田はひそやかに問いかけた。

「安芸さん誰か男のひとと経験してみた？　自分にそうした性癖があるんじゃないかと、頭のなかで想像してみるだけじゃなくて」

安芸はためらう様子を見せたが、沖田が真剣そのものの顔つきなのを目に入れて、ごくわずかにうなずいた。

「社会人になってから、少しだけ。ですが、ああいう遊びをするのはわたしには向いていなくて」

安芸に男の経験があるにはあるが、さほどのものではないらしい。そうとわかって安堵してもいいはずなのに、胸の奥から強い感情が湧きあがった。

（俺は馬鹿だろ。彼氏でもないくせに、いっぱしに焼《や》き餅《もち》か？）

自嘲《じちょう》しても嫉妬の炎が胸を焦がす。誰か安芸にさわった男がいると思えば、あてどない憤りが止められない。

「……わたしを軽蔑《けいべつ》しましたか？」

ううんと安芸に答えかけ、沖田は直前で気を変えた。ゆっくりと影を落としたその本体に近づいて、両腕ですっぽりと抱えこむ。

「顔を隠してあげるから、本当のことを言って。……俺に軽蔑されたくない？」

胸に安芸を抱えこみ、その耳にささやけば「……はい」とちいさな声が返った。

「なにを言っても、なにを知っても、俺は安芸さんの傍にいるから。俺を安芸さんの心から締め出さないでいてくれる？」

ややあってから、またもおなじ返事が聞こえる。

「なにかあったら俺を呼んで。どこにいても、なにをしてても俺はきっと駆けつけるから」

安芸が苦しんでいるときに、ほかの誰かを頼らせたくない。そう思って彼に告げ、それからなにかを言わせないようぎゅっと強く抱き締めたのは「どうして？」という質問をさせたくなかったからだった。

（好きだよ、安芸さん。好きだから……）

「俺は安芸さんの味方だから。安芸さんが誰を好きでも関係ない。俺だけは安芸さんから離れないから」

醜い嫉妬と独占欲とに裏打ちされた、見せかけだけは綺麗な言葉。なのに、安芸はこっくりとうなずいて「……ありがとう」と言ってくれた。

「明日から安芸さんはものすごく忙しくなるからね。いままでの仕事のほかにも社員食堂の企画があるんだ。これからはチームになって動くから打ち合わせの時間も増えるし、仕事以外を考える暇もなくなる」

「そうですね……」

「きっと毎日があっという間に過ぎていく。だけど安芸さん、身体にだけは気をつけて」

無理しすぎは駄目だよとささやくと、胸のところで反論の言葉が返る。

「それはむしろあなたに言うべき台詞じゃないかと」

「俺はいいの。安芸さんが気をつけてくれるから」

「ずいぶんと……他力本願な考えですね」

「だけど結局心配してくれるよね？」

今夜のことを日常で流そうとかるい言葉を投げ合って、なのにふたりの姿勢だけは変えないでいる。

（安芸さんはさみしくて、哀しいから……好きでもない俺の腕に抱き締められていることを

嫌がらないでいてくれるんだ）

それでもいい。少しだけでも安芸の心に空いた隙間《すきま》を埋められればそれで充分。

「ねえ、安芸さん。そのうちまたあのときの杏仁豆腐をつくってよ。あれはすごく美味しかった」

つくり手の愛情をこめたというあれが食べたい。ねだってみたら、安芸が「はい」と返事したあと、少しだけ呆れたような声を出す。

「なにを考える暇もないほど忙しくなる……沖田さんがそう言ってから、一分ほどしか経っていません。身体に気をつけてとも心配してくれたはずが……杏仁豆腐をつくってこいとねだるのですか？」

それもそうかとつぶやいたあと、沖田はわざとひらき直った。

「だって、あれは特別いい味だったから」

さみしい安芸には、なにかしてと頼む者がここにいると、あなたの存在が必要なのだと、わかりやすく示してあげたい。

「……しかたがないひとですね」

つぶやいてから「それに」と安芸は前よりちいさな声で言う。

「沖田さんは、甘えじょうずで、甘やかしじょうずです……」

身を寄り添わせ、静かに言葉を交わし合う。ふたりの姿を遠くから眺めたら、男同士であるものの恋人たちだと見えるだろうか。

(だけど、俺たちはそういうのとは違うんだ)

沖田が欲しい安芸の心はべつの男が占めている。そして、安芸も自分を求めない男のことを恋している。

溺《おぼ》れる安芸がすがりつく藁《わら》でいいから。そう思いつつ、沖田には予感があった。

いつか、かならずこの想いが溢れ出して止められなくなるときがくるのを。

「……もうちょっとだけ、こうやっていてもいいかな?」

安芸が身じろぎするのを感じて、先手を打って沖田は言った。

もう少しだけ、あとほんのちょっとだけ、安芸をこうして抱いていたい。

「安芸さんからはいい匂いがするからね。ミントか、それともカモミール? ハーブの力を分けてもらって明日の分も充電しとく」

そんなごまかしを口にして、沖田は愛《いと》しくてたまらない、けれども愛されてはいないひとを胸のなかに抱き締めていた。

◇　◇

翌朝、自分の寝室で目覚めた沖田は、うんざりと顔をしかめた。

この2Kのマンションは会社から三十分の距離にあり、仕事に行くにも遊びに出るにも結構便利な場所にある。遮光カーテンを引いているから、ベッド周りを照らすのはフットランプの光だけだが、ヘッドボードのデジタル時計は午前六時を示していた。

(なんかもう俺ってやっすい……)

あるいは単純、欲求だだ洩れとも言えるだろう。薄掛けを脇にやり、ベッドに半身を起きあがらせれば、おのれのそれが衣服を押しあげて勃《た》っているのが見えるから、なおさらげんなりしてしまう。

起きる直前まで見ていた夢はあきらかに性的なものであり、しかも相手は安芸だった。

(ゆうべ、安芸さんが経験ありと聞いたとたんにこれだものな)

放っておいても股間《こかん》のそれは鎮まる気配はまったくないし、今日も会社があることで、のんびり待ってもいられない。現実的な対処として、沖田は寝ていたベッドを下りると浴室に向かっていった。

（安芸さんあれから眠れたかな）

沖田はつねから体温が高めなので、寝るときは上衣はなしでスウェットのボトムだけを穿《は》いている。それと下着とを手早く脱いで、浴室に入っていくと、シャワーのところでカランをひねる。

（目の前で真下さんが婚約者と一緒にいるのを見せつけられて。あんなの平気なはずがない）

家に帰って、独りのベッドで泣いたりもしたんだろうか。ひと晩中真下のことを考えていたんだろうか。

（俺が安芸さんのこと、ずっと思っていたように……？）

傷ついたに違いない安芸のことを心配する気持ちはあって。なのに、明け方少しだけ眠ったときに見た夢は、自分の内面の欲求が全開になっていた。

（よくもまあ、あんなふうにあからさまな……）

自身が嫌になりながら振り返る沖田の夢は、嫉妬と昏い欲望に満ちている。

『ね、安芸さん。もっといやらしい声を聞かせて』

『や、それっ……そんなに、しないで……っ』

沖田のベッドで全裸の安芸はせつない声で訴える。さきほど乳首をさんざんに吸われたせいで、そこは真っ赤に色づいていた。

なのに沖田はさらに乳首を甘噛みしつつ、先端が濡れている安芸の性器をぐちゃぐちゃに扱《しご》きあげる。

沖田の手で引きずり出された快楽に安芸は喘《あえ》ぎ、身をくねらせて、もはや抵抗するなどは思いもつかないようだった。

『あぅ……おき、沖田さん……っ』

『それいいね。もっと俺の名前を呼んで』

『も、いやっ……や、お願……い……っ』

『駄目だよ。安芸さんをもっともっと気持ちよくさせるんだから』

こちらに差し伸べてくる安芸の手首を摑み取り、その手のひらに舌を這わせる。それから安芸をまたいでいた位置をずらし、彼の両膝に手をかけた。

『なっ、なにを……!?』

『わかるでしょう?』

甘い口調で沖田はささやく。

『安芸さんはほかの男としたんだものね?　俺がなにをやりたいのかわかるはずだよ』

唇だけで笑みつつも、白い両腿《りょうもも》をひらかせていく。

『どうして安芸さん震えてるの?　怖いことなんかいっさいしないよ。俺は安芸さんが好きだもの。安芸さんも、ここは気持ちいいみたいだし？』

にこやかに告げながらゆっくりと身を伏せた。沖田の手で大きくされた安芸のペニスは赤くなって、軸が自身の体液に濡れている。そこをぱくりと咥えると、あえかな悲鳴が心地よく耳たぶをくすぐった。

『ふあっ、やっ、ん……っ』

広げた舌で先のところを集中的に舐めてやると、安芸は腰をくねらせる。それから尖らせた舌先で孔《あな》の部分を突ついてみると、ますますぬるつきがひどくなり、そこが弱いと沖田に教えた。

『ひっ、ひどいこと……しないで、くださいっ……』

『だったら、やめる？』

安芸はやめろと言わなかった。

『本当はひどいことじゃないものね？　安芸さんは俺にこうされるのが好きなんだ。それに、あなたは――好きでもない男にだって、抱かれたことがあるんでしょう？』

咎《とが》めるような問いかけに、安芸の背筋がびくんと跳ねる。

『気持ちと身体がべつなんだったら、俺にこうされてもいいはずだよね？』

涙ぐむ安芸を見て、もちろん罪の意識はあった。やめてやりたいとも考えた。なのに嫉妬の感情がどうしても消せないでいる。

『ねえ、安芸さん。あなたが達《い》くとこ俺に見せて。自分で乳首をいじるところも。そうしたら許してあげる』

本当は安芸に許すとか許さないとか、そんな台詞を吐く資格はない。沖田は安芸の恋人でもなんでもないのに。けれども安芸は沖田の仕打ちから逃れたいのか、ゆるゆると震える指を自分の胸に添わせていく。

『いいよ、安芸さん。すっごく卑猥《ひわい》だ。いつもそうやって自分のことを慰めてるの？』

言葉で責めつつ安芸の軸を擦りあげ、そうしながらもおのれの欲望を同時に扱く。

『んっ、あ、あ……っ……や、もう……っ』

いい加減限界が来ていたのか、安芸の軸を手のひらにつつみこんでリズミカルに擦っていくと、細腰が淫《みだ》らに揺れる。到達寸前の状態なのは沖田のそれもおなじくで、自身で赤い乳首をいじる卑猥な様を目にしていると、ますます身体がやばくなる。

『安芸さん、もぅ達っちゃいそう……？』

『ふ、うぅ……っ、ん、あ……い、達く……ぅっ』

『じゃあ、達って。こうやって……俺の手で』

『あ。んっ、んんー……っ！』

性器の根元から先端までを激しい動作で扱いてやると、安芸は愉悦をほとばしらせた。

一拍遅れて、沖田も欲望の濁りを放つ。飛沫《しぶき》はいきおいよく安芸の腰から胸にまで降りか

かり、ふたり分の体液が震える肌を汚していった。

「……ん、くっ」

そこまで思いめぐらせて、沖田は現実にも射精した。ぬるめのシャワーはその痕跡をたちまち洗い流したが、後ろめたさは少しも消し去ってくれなかった。

バスルームの壁に手をついてうなだれると、後頭部に湯がかかる。湯の温度を操作していちばん冷たいそれに変えても、べったりとへばりついた自己嫌悪は剝《は》がれない。

「……あーもーさいてー」

恋の自覚と身体の欲求がいくらなんでも直結しすぎだ。さきほど頭でくり広げたあれこれは、夢の記憶が半分で、残りは妄想の産物だった。

(自分のものでもないくせに、言葉で責めて、羞恥《しゅうち》プレイもさせてたな……)

自分はこんな恋愛のしかたをするのか、そう思えば重たいため息が肺から洩れる。

あやういほどの執着を見せ、相手を強欲に奪い取る。安芸の身体が男のそれだということもなんら歯止めにならなかった。

(ハマると、とめどがなくなるやつの典型だ。俺しか見せない、俺だけしか欲しがらせない。そんなふうにさせるために、快楽で安芸さんを縛りつけておきたいなんて。執着心剝き出しの男じゃないか)

そんなふうな自己診断はもちろん沖田を元気づけない。心底から嫌になりつつ、しかしつぎもまた安芸を自慰の材料にすることがわかっているからますます落ちこむ。

（俺はもしかして……この先ずっと妄想のあのひととだけセックスするのか？）

社員食堂の件もあるから、ほとんど毎日安芸を見ながら？　手を伸ばせばすぐにも触れられる場所にいるのに？

「……拷問だ」

片方の手で顔を覆って呻《うめ》く沖田は、しかしどんなに彼のことが欲しくても、強引に手を出すことはしないだろうとわかっている。

（安芸さんが好きなのは俺じゃない。あのひとは真下さんが好きだから、俺のことは好きにならない）

まるで心に焼き印を捺《お》されでもしたように真下のことが忘れられない、そう安芸は言ったのだ。真下に婚約者がいるのを見ても、ふっきれた様子はなかった。そんな彼に——俺は安芸さんの味方だから——下心なくそうなのだと思わせた沖田自身が手を出せば、どんなに傷ついてしまうことか。

「安芸さんが誰を好きでも関係ない……俺は安芸さんが好きなんだ……」

でも、だからこそ安芸を好きだと言うのはよそう。

沖田はあのひとを尊敬して、なついている。好意があるからたまには行きすぎのスキンシップもするけれど、男性である安芸のことを恋愛対象として見たことはない。そんなスタンスを通していくのだ。

このうえ安芸を傷つけたくない——でも、欲しい——だけど、きっと告白したら安芸はショックを受けるだろう——綺麗なあの指に口づけたい。やわらかそうなあの唇にキスしたい——そんな相反したことをぐるぐる思いめぐらせながら……。

◇　◇

ベンチャーから興した『ＭａｃＲｏ』は、この年も順調に業績を伸ばしていて、来年度からは元麻布に建てたビルに移転する予定だった。四十三階建てのそれは、六本木ヒルズや、東京ミッドタウンなどにはおよばないが、それでも堂々たる高さを誇る。

社員食堂は十九階と三十三階に設けられる計画であり、一日ののべ利用者数はおよそ千二百人ということだった。

安芸と一緒にプチメゾンに行ってから一週間後のこの日、沖田は三光食料の会議室に居並ぶ人々を見渡した。

「これより『ＭａｃＲｏ』社員食堂企画のための打ち合わせをはじめます。このたびが第一回目ということで、まずは担当員の紹介から」

室内には男性七名と女性一名がコの字型のテーブル席に座っている。このなかで直接業務に関わらないのは、食料流通本部長と、副部長のみで、あとはチームの主力担当になっていく顔ぶれだった。

沖田は髪をすっきりとひとつにまとめた三十代の女性を見て口をひらく。

「フードコーディネーターの沢村《さわむら》さん。彼女は今回の業務のために外部スタッフとしてお招きしました。今後は当社の栄養士、また調理師と連携を取りながら、実際のメニューづくりに取りかかってもらいます」

沖田が言うと、彼女が席を立ち、挨拶の言葉を述べる。

「ご紹介にあずかりました沢村です。このたびは大きな企画ということで、少し緊張しています。ですが、自分のできる限り精いっぱい努めますので、どうぞよろしくお願いします」

彼女が深くお辞儀をすると、同席している男たちから拍手が湧いた。

「それから、調理師の荻野《おぎの》さん。彼はうちの食堂でチーフを務めておられます。三光食料の社員たちの胃袋は、つねづね彼のお世話になっているわけで、今回は提案するメニューの試作に協力していただきます」

沖田の紹介に、調理衣を着こんだ男が言葉少なに挨拶する。

「荻野です。以後よろしく」

「つぎに、管理栄養士の安芸さん。彼は社員食堂に併設された健康管理室に所属し、日ごろから社員たちの生活習慣病予防、また健康増進のためのさまざまなアドバイスをしておられます。今回の企画では、先にご紹介したおふたりと計らいながら先方の社員食堂で提供する献立のプランニングをしてもらいます」

沖田が言えば安芸が席から立ちあがる。

「ただいまご紹介いただきました栄養士の安芸です。微力ながら今回のプロジェクトには誠心誠意努めていく所存です。どうぞよろしくお願いします」

安芸のもまた、沢村や荻野のとおなじようにみんなの拍手で迎えられた。

「それから、今回オブザーバーで参加する食料流通本部長と副部長、それにおなじ部内からヘルプが二名入ります」

沖田が彼らをそれぞれ皆に紹介し、最後は自分の番になる。

「そして私が『ＭａｃＲｏ』社員食堂の企画を起《た》ちあげた沖田です。お配りした資料をのちほどお読みくだされればわかるとおり、今回のプロジェクトが無事成立いたしましたら、年間約五十万食が『ＭａｃＲｏ』社員食堂で提供されることになります。そのほかにもベーカリー部門が食堂内に設けられる予定であり、これらの食材はすべて三光食料を仲介して購入される手筈《てはず》です。プレゼンテーションの発表日まで約三カ月。皆さん通常業務をこなしながらのことでもあり、非常に大変かと思いますが、どうぞご協力のほどよろしくお願いいたします。これ以後、なにかご不明な点がございましたら、メール、電話、直接の伝言でも結構ですので、いつでも沖田まで連絡ください」

深々とお辞儀したのち、ホワイトボードに向き直り、今回の議題に入る。

「それではお手元の資料にあります進行表をご覧ください。まずは――」

第一回目はスタッフの顔合わせと、プレゼンまでの日程確認がメインである。

十一月初めにあるプレゼンまで、フードコーディネーターの沢村だけは専属でついてくれるが、残りは自分の業務と並行で動いてもらう。それゆえ各担当者との日程調整は不可欠の段取りだった。

あらかじめ聞いていたスケジュールに基づいてそれぞれとのすり合わせを考えた進行表だが、かならずしも予定どおりになるわけではなく、むしろ突発的な変更が入るほうが普通である。とりあえずは準備作業の手順に沿って、半月分の再調整をおこなった。

「変更後の進行表はのちほど配布いたします。では、お配りした資料の二ページをひらいてください」

沖田のうながしに、皆が手元の書類をめくる。

「社員食堂の運営はおおむねふたつのパターンに分けられます。ひとつ目は食品販売会社などの外部業者が委託を受けておこなうもの。ふたつ目は企業による直接の運営です。『ＭａｃＲｏ』の運営方法はその中間で、新規社員食堂の起ちあげ時には外部業者の構想を取り入れるかたちになります。そして今回、この外部業者というのが三光食料に当たります。そののち、社食の運営が軌道に乗ったら、あとはこちらからの定期的なアドバイスのみを受け入れ、コンサルタント料を支払います。当社の場合は、そのうえに自社の食材を購入してもらう条件つきです。……ここまでで、なにかご質問は？」

安芸が手を挙げ、沖田が「どうぞ」とそれに応じる。

「定期的なアドバイスというのは、具体的にはどのようなものでしょうか？」

「すでに作成されている献立表に目を通し、さらに改善が可能となるような場合には、それに応じて指導をしていくというものです。あるいはもう一歩進んで、健康増進に役立つような提案を時節ごとにおこなう、などがアドバイスの適用範囲に含まれます」

「それは栄養士の仕事のように思われますが？」

「そのとおりです。三光食料には現在安芸さんをはじめ二名の栄養士がおられますが、おふたりの持ち回りでその業務をお願いする。もしくは、業務過多で負担が多いようでしたら、三光グループ内部から担当可能な誰かを探す、そのような段取りをいまは予定しています」

もちろん、これはプレゼンが通ってからの話であり、そのときになってからあらためて依頼するなりなんなりする予定である。

沖田がそう言うと、安芸がかるくうなずいた。

「了解しました。それではそのことも頭のなかに入れておきます」

「お願いします。それからつぎに――」

沖田はてきぱきとテキストを読みあげていき、その内容への質疑応答をすべて済ませた。

「それでは時間が来ましたので、今日はここでいったん終了いたします。次回までには提供するメニューについて沢村さんと粗いところを決めておきます。概要が固まり次第、プリントにして配りますので、お手元に届きましたら目を通しておいてください」

皆に異議はなく、第一回目の打ち合わせはこれで無事に終わりとなった。

そののち会議室から出ていく人々を見送って、沖田もまたドアをくぐる。

「あっ、安芸さん、待って待って。これから管理室に戻るんでしょう?　俺は来客で玄関まで降りるから、そこまで一緒に行っていい?」

廊下を歩く白衣の後姿に追いつき、にこにこしながら話しかけたら、相手が当惑した顔でうなずいた。

「いいですけど……」

「ありがと、安芸さん。ちょっと待ってて、会議室を片づけるから」

急いで戻り、椅子を綺麗に並べ直して、室内の照明を消す。それから壁のプレートを使用中から空室に変更してのち「お待たせ」と向き直った。

「……ん?　なに?」

安芸の口がなにか言いたげにむずむずしている。問いかけたら、呆れが半ば、そして残りはつくづく感心したような述懐を洩らしてきた。

「さっきといまとではまるきり雰囲気が違うんですね……」

ああ、と沖田はにやっとした。

「あれは仕事用。それでいまは安芸さん用の俺だから」

「安芸さん用って……なんです、それは」

困ったふうな口調でも、安芸はこちらを甘やかす顔をしていた。

連れ立ってエレベーターへと向かいながら、沖田はなにげない調子で告げる。

「あなた用の俺としては、あとで健康管理室まで出張土産を届けたいかな。接客を一件終わらせてからそっちに行くので、だいたい三時すぎくらい」

「え、でも……いつもいただいてばかりなので、申しわけないんですが」

「そんな遠慮はいらないよ。安芸さんにはこれからうんとはたらいてもらうんだしね。管理室の皆さんにも協力してもらっているし、これくらいは当然だから」

安芸のためらいを明るい口調で押し切って、ふたりしてエレベーターの箱に乗りこむ。内部はすでに混んでいて、詰めた位置に並んで立つと互いの腕が触れ合った。

（……くっそ。やっぱりどきどきする）

なにげなく振る舞えるのは沖田が精いっぱい努力している成果だった。

好きだと意識してからは、安芸の顔を見るたびに心拍数が増えているし、手のひらに汗をかきそうになってしまう。そのうえ胸はもやもやするし、頭のなかはぐるぐるするし、胃のあたりはずきずきしてくる。

「それでは、お先に」

「またあとで」

会釈して扉に向かう安芸のほうにバイバイと手を振る沖田は、その顔ばかりは明るいが、内実苦しくてしかたない。

(片想いって、こんななんだ……)

自分が好きなあのひとは、沖田ではない男が好きだ。

もしも安芸の好きな相手を知らないか、知ってはいてもつまらない男だったら、もっと楽でいられたろうか?

(俺はほんとに運が悪い。真下さんじゃ、ケチのつけようもないからな)

外見も、内面も、頭の出来も優れた男。自分が確実に真下より劣っているとは思わないが、タイプの違いはあきらかだから要は好みの問題だろう。

それに、恋愛に関しては優劣を競ってもしかたのないところがある。

(真下さんがストライクゾーンなら、俺は対象外かもな……だけど、好意は持ってくれてる。それは確かなことだから、望みがないこともない、のかな?)

もう何度となくくり返した考えが、またぞろ頭のなかをめぐる。

こうやって暇さえあれば——暇などまったくないときでも——安芸のことばかり想っているのはもうやめにしたいのだが。

（こういうのをなんて言うんだったたっけ……ああ、そうだ。病膏肓《やまいこうこう》に入《い》る、だった）

つまりはすでに病気レベルで安芸にハマっているのだろう。

（安芸さんもこんな感じなんだろうか……？）

真下のことを十年以上もそれほどに？

「……った」

胸にずきりと痛みが走って、思わず沖田は顔をしかめる。こういうふうな毎日を耐えてきたというのなら、安芸は本当に我慢強いひとだと思う。

（……だからもうやめろって）

自分を心中で叱りつけ、沖田は無理やり彼のことを脳裏から押しやった。

どうせつかの間は薄れても、すぐに復活してきてしまう。せめてほんのしばらくだけは彼を意識から逸らしていよう。

沖田はそれを自分自身に言い聞かせ、受付の前で待つ来客を視野に捉《とら》えた。

「お待たせしました、沖田です。本日はわざわざお越しいただきましてありがとうございます」

◇　　◇

好き。すき。スキ。こうした感情はいったいどういうものなのだろうと沖田は思う。なんでヒトはヒトを好きになるのだろう。

誰かと繋がって、安心していたいから？　肉体的な欲求を叶えたいから？

昔、なにかで読んだ本には、ヒトの本能的命題は、自分自身を維持することと、おのれを――その分身である子孫を――増殖し、拡散するのが最重要だと書いてあった。ならば、自分のこの感情は……子孫を残す行為とは繋がらない想いには、意味などまったくないのだろうか？

（男が女を愛するのって、ごく自然なことだよな。それこそ『そういうふうにできている』ってやつだろうし、遺伝子的にも文化的にも大推奨だ）

沖田が安芸を好きだと思う、それは世間的には決してオープンにしていいような感情ではない。自分でもこんな気持ちは捨ててしまって、この苦しみから逃れたいとも思っている。

なのに――吹っきれない。安芸の姿が胸に貼りついて剝がれないのだ。

(おまえはうざい。そしてしつこい。まるで乙女《おとめ》な女子高校生みたいじゃないか)

そんなふうに自分自身を嗤《わら》ってみても、安芸が恋しい気持ちは少しも薄まらなかった。

「安芸さん、今日の五時以降で空いている時間はないかな？　沢村さんがメニュープランの練り直しをしてきた分の栄養評価をしてほしいって」

沖田がそうした葛藤《かっとう》をかかえていても、時間だけは速やかに過ぎていく。第一回目の打ち合わせをはじめてからすでに一カ月が過ぎたいま、『ＭａｃＲｏ』社員食堂のプランのほうは順調に進んでいた。

「じゃあ、七時くらいでいいですか？」

「うん。それじゃ、そのあたりの時刻になったら食堂で待っているから」

互いにそれぞれの業務もあり、こまめに時間を見つけてはそちら関係の業務をする。今日もふたりは残業が確定していて、食堂のテーブルに書類を広げての打ち合わせになったのだった。

「……だから、サラダバーのスペースはこの場所に設ける予定。食堂に入ってから、料理を取ってテーブルに着くまでの動線に無駄がないようにしたいんだ」

「それで、ここまで来て、会計をするのですね」

図面を見ながらの問いかけに沖田が「うん」と答えてから、手にしたボールペンをコーヒーカップに持ち替えた。それをひと口すすってから、

「基本、『ＭａｃＲｏ』の食堂はすべての食事が無料だから、会計で社員がお金を支払うことはないんだけれど、なにをどれだけ利用したかはチェックしておく必要がある。それで、このシステムの導入を計画した」

沖田がオートレジスター機のパンフレットを安芸に示す。

「これは、ここの部分に料理を載せたトレイを置くと、各食器の裏側についているＩＣタグを感知するんだ。それで、品目と数量とを瞬時に計算してくれる」

この自動計算システムは、カウンターに設置されたモニター画面の前の場所に自分のトレイを置くだけで、読み取りが完了する。機器は無人対応なので、食堂側はそのための人員を割り当てる必要もなく、食べるほうも長い行列をつくることがないような仕組みだった。

「なるほど。これならレジ前の混雑がずいぶん緩和されますね」

安芸が感心した顔で、機器メーカーのパンフレットをめくっていく。

「社員食堂は昼に利用者が集中するしね。『ＭａｃＲｏ』は食堂がふたつあるから、同時に、しかもよりスムーズに集計するにはこうしたシステムの導入は不可欠なんだ」

沖田の説明に、安芸がこくこくとうなずいた。

(安芸さん、やめて。それまずい)

無心なときや、驚いたとき、安芸は時折子供じみた仕草を見せるが、それがまた沖田の情動を洩れなく煽《あお》ってしまうのだ。

（大人っぽいのに可愛いとかは、ほんとにまじで反則だから）

システムの説明をしたのちに、沢村からの修正メニューを手渡したとき、指先が触れてしまって余計にあせる。顔色にこそ出さないものの心拍数はうなぎのぼりだ。

（頼むよ、俺。いい歳してなにやってんだ）

もはや突っこみが追いつかなくなるくらい安芸を意識しまくっている。

まさかこれほど自分が恋愛体質とは思わなかった。これまでは言い寄られても、勝手な台詞で振られても、さほど心を揺らされはしなかった。なのに、安芸にはこれほど悩まされている。

「安芸さん、明日は予定どおりに八時ごろからお願いできる？」

「ええ、いいですよ。もしもこちらの業務が長引いてしまうようなら……」

「食堂のいつもの席で待ってるからね」

沖田をリーダーとした『ＭａｃＲｏ』社員食堂の企画は着々と進んでいる。十一月初めにあるプレゼンまであとひと月となっていて、チームのみんなは忙しいなか最善を尽くしている最中だ。

フードコーディネーターの沢村も毎日三光食料にやってきて、こまめな打ち合わせをしているし、それに応じて調理師も栄養士も幾度となく献立づくりに取り組んでいる。

それに沖田のヘルプに入ったおなじ部署の営業社員も、データ取りから資料集め、また業者への直接の打診にと積極的に動いてくれた。

プロジェクトがはじまってから二カ月が経ったいま、この企画の進捗状況は順調と言えるだろう。

そして、翌日。沖田が安芸を待つために社員食堂のテーブル席へと向かっていたとき。

「あの……沖田さん。いまちょっとお時間をいただいてもいいでしょうか？」

声をかけたのは制服を着た女子社員だ。うろんな顔で足を止めれば、緊張しきった様子の相手が目に入る。

（ああ……これは）

いままでに何度もあったシチュエーションだ。

彼女は自分の胸のところでハンカチを握り締め、とつとつと言葉を綴る。

「会社のなかでこんなことを言うべきじゃないんでしょうが……ほかに機会もなかったですから。最近、毎日遅い時刻にここへ来るってわかっていたから……」

彼女の言いたい内容は察しがつくし、それに自分がどう答えるかもわかっている。彼女の告白を断れば「言いたかっただけだから」と相手が引くのも承知していて、それでも今夜は胸が痛んだ。

「わたしは……ずっと、沖田さんに憧れていて、どうにかしてわたしのことに気がついてほしかったんです。その……好き、だから。少しでも望みはないのかあなたに聞いてみたかった」

彼女の台詞は沖田の気持ちとおなじだった。

安芸のことが好きだというおのれの想い。しょせんは叶わないことなのだと知っているのに、ときどきはどこかの誰かに聞いてみたくてしかたがなくなる。

(ほんの少しでも俺に望みはないのでしょうか?)

無理だとわきまえているというのに、はかない希望を捨てきれない。

そして今夜、彼女の期待を打ち砕くのは沖田なのだ。

「俺は……」

断りの文句など言いたくはない。しかし、そうせずに済ませられるものではなかった。

沖田はせめても彼女の気持ちを受け取った証にと相手の目を見て言葉を紡ぐ。

「俺はもうほかに好きなひとがいるんだ。だから、ごめんね。あなたとはつきあえない」

なんの言いわけもできなくて、ただ苦しくて頬が歪んだ。彼女ははっとしたように大きく綺麗な眸をひらき、唇を震わせる。

「そんな……顔を、しないでください」

自分がどのような表情をしているのかわからない。ただじっと彼女の眸を見つめていたら、視線の先で相手のそれが潤んできた。

「わたしこそ、ごめんなさい。哀しませてごめんなさい。でも、わたし……」

ぼろぼろっと彼女の両眼から涙がこぼれる。それを見ると、沖田はなおさらつらくなった。

「泣かないで」

自分のために傷ついた心が哀しい。

どうして恋はままならないのか。好きな相手が自分を好きになってくれない。それがどれほどつらいのか、すでに沖田は知っているのに。

「俺はきみとはつきあえないけど、きみの気持ちはわかるから。だから、そんなに……」

泣かないでと、彼女の頰をそっと撫でたら、直後に彼女が胸のところに飛びこんできた。

そのまま大泣きをはじめた彼女を両腕でつつみこむ。

「ごめんね……ごめん……ほんとにごめん……」

好きになってくれたのに、おなじ想いを返してはあげられない。焦がれ、望み、相手が欲しいと手を差し伸べる、それをおなじ熱量で握り返すことはできない。

残酷な現実に打ちひしがれ……それでも彼女を振ってしまった自分にはそんな哀しみを感じる資格すらないのだろう。

「ごめん……ごめんね……」

それしか言えず、沖田は華奢《きやしや》な身体を抱いて、いつまでもおなじ言葉をくり返した。

沖田が泣いている女子社員と抱き合っていた。いくら人目が少ない時間帯とはいっても、食堂内はまるきり無人ではなかったから、当然目撃者は何人もいる。早速翌日は社内の噂になったようだが、沖田はいっさいそれについての釈明をしなかった。

彼女のほうも『言うだけ言ったら吹っきれました』と別れ際に告げたとおり、内面の気持ちはどうあれ表面的にはその感情を引きずることはしなかった。それを証明するかのように告白された二日後の昼、社員食堂で偶然彼女と出くわしたとき、向こうのほうから笑いかけて「こんにちは」と言ってきたから。

「今日のお勧めは冷たいトマトのパスタですよ。ミモザサラダも美味しそうです」

「ほんとだ。綺麗な彩りで食欲がそそられるね」

彼女が手にしたトレイの上を見て言えば、屈託のなさそうな同意が返る。

「ええ、本当に。……それじゃ、お先に失礼します」

会釈して去っていく彼女を見送り、沖田はひそかにため息を吐き出した。

◇　◇

（トレイを持つ指先が震えてた）

にこやかにしていても、内心平気なはずはないのだ。なのに、平静を保っているのはそれを乗り越えようとする彼女の意志の強さだろう。

振るほうもつらいなんて、そんなのは自身への甘やかしにほかならない。そう考えて、沖田が踵をめぐらせたとき。ふっとなにかの気配を感じて頭をあげたら、管理室の入り口に安芸がいるのに気がついた。

「安芸さん、こんにちは」

足早に近づいて挨拶をする。ただ、いつものように笑顔になれなかったのは、さっきの彼女が頭に残っていたせいだ。

安芸もどこかぎこちなく挨拶を返したのち、ふたりの言葉が切れてしまった。

「……元気だった？」

昨日も仕事で会ったのに、ややあって出したのはそんな台詞だ。安芸も「はい」と答えたきり、こちらをじっと見ているばかり。その顎の輪郭が少し鋭くなっているのに気がついて、沖田は首を傾げながら問いかける。

「もしかして、ちょっと痩せた？」

自分が仕事を頼んだせいで、無理をさせているからか。心配で眉間《みけん》を寄せたら、安芸が微苦笑を頰に浮かべた。

「痩せたのはあなたのほうです。顔にもそれが出ていますよ」

指摘されて、沖田は（まずいな）と頬を撫でた。

「この夏が暑かったからさすがにちょっとね」

健康指導を仕事にしている相手の前で、食欲が落ちていますはよくないだろう。

その理由が当人への恋煩いとくるのならなおさら言えない話だった。

「美味いビールでも飲めば、すぐに体重が戻るかも。安芸さん、今晩つきあってくれますか？」

追及をかわすための冗談で言ったのに、彼は「はい」とうなずいた。

「え？　本当に……？」

「今日の分の打ち合わせが終わってからでいいですか？」

今度は沖田がうなずく番で、ひさしぶりにふたりで食事と思ったとたん、以前代々木公園前で抱き合ったのが頭に浮かんだ。

「あーそのー、やっぱ……」

いま外でふたりになるのは、なにかまずい気分がしている。今晩はやめておくと言おうとして、しかし安芸と一緒にいたいと思う気持ちが沖田の理性を裏切った。

「ビールは生に限るよね」

◇　◇

仕事が終わって出かけた先は、前にも行ったことのあるモツ焼きの店だった。雰囲気のある店を選ばなかったのは自身への牽制で、なのにやっぱりふたり並んでカウンターに腰かけると妙に胸が騒いでしまう。

「安芸さん、なんでも注文してね。食べてスタミナをつけなくちゃ」

「それはあなたもおなじです。かるく三キロは痩せたのでしょう？」

「まあそれはそのうちに取り戻すから」

体力は落ちてないから平気だよ。沖田が告げると、安芸はちいさく息をついた。

「前にも言ったと思いますが、あなたはとても身体的に優れている分、自己過信におちいりがちです。季節の変わり目には体調に気をつけないと」

「うん、ごめん」

あやまったら、安芸が違うと首を振る。

「叱っていません。心配しているんです」

「うん、わかってる。……ありがとう」

自分の仕事仲間として、また友人として、安芸は沖田の体調をこうして気遣ってくれるの

沖田が欲しいのはそんなやさしさではなかったけれど、それはそれとしてありがたい。素直な調子で礼を言い、ビールジョッキを傾ければ、横の安芸もそれに倣った。

「安芸さんいい飲みっぷり」

「そうですか？　今夜はなにか……喉が渇いているみたいです」

「そうだね、俺も喉が渇いてる」

渇いているのは心も同様だったらしく、それをおぎなうようにしてビールを立てつづけに流しこむ。

沖田のハイペースにつられたのか、安芸もジョッキを空にしていく回数が速かった。

「……『ＭａｃＲｏ』のプレゼンもあと一カ月かぁ。安芸さんほんとにいろいろとありがとね。ほかのメンバーのみんなにもいっぱい助けてもらったし、無事プレゼンが終わったら打ちあげでもしないとなぁ」

「仕事ですから」と安芸は言わず、ただ黙ってうなずいた。

そのあとはひたすらビールを飲みつづけ、さすがに酔いが回ってくる。安芸もいっさい小言めいたことは言わず、今夜はそんな気分なのか頬を赤く染めながら沖田のペースにつきあ

ってくれている。

(安芸さんが飲みたいのって、もしかしてあれのせいかな……?)

めずらしく酒を過ごす安芸の様子に、彼の気持ちを推測してみる。

(真下さんから招待状が届いたからとか?)

先日届いた招待状には、この年の十二月に彼女とホテルで挙式する旨が書かれていた。沖田は出席の返事を出したが、安芸はいったいどうしただろうか。

(真下さんが結婚しても、やっぱり安芸さんは彼のことが好きだろうな……)

十年以上会わなくても、真下のことを好きでいつづけた安芸なのだ。おそらくそれは一生変わらない想いじゃないか。

安芸が好きなのは真下だけ、ほかの男と多少は遊びもするけれど、その気持ちは揺るがない。

そう思ったら、心臓を素手でかき毟《むし》りたいくらい苛立《いらだ》ちがこみあげてきた。

「ひとを好きになるのって、ほんとにままならないものだよな……」

その感想をもたらしている当人の真横でつぶやくのはいかがなものか。それはわかっていたけれど、もうなにかわずかでも吐き出さなければたまらない気分だった。

「そうですね……。だけど、わたしは平気ですから」

「え……?」

「え、って？　招待状が来たことで、同情してくれたのでしょう？　でも本当に大丈夫です。それよりも、あなたの気を沈ませて申しわけなかったです」

「え、や、違う違う」

沖田はあせって、横に手を何度も振った。

「同情とかそんなのじゃない。いや、心配はしてるけど！　さっきのは、ただの俺の感想で……」

誤解を解こうとつい余計なことまで言った。安芸は目を見ひらくと、不思議そうに聞いてくる。

「ままならないって……だって、あなたには彼女ができたばかりでしょう？」

今度も沖田は「違う違う」と首を振る。

「安芸さんがなにを聞いたか知らないけれど、あの噂は違うから！」

安芸にだけはそんなふうに思われたくない。ほかの誰にも弁明する気はないけれど、このひとだけはべつだった。

「そう、なんですか……？」

「もちろん」

「だけど、わたしは……食堂で沖田さんたちが、その……抱き合っているところを見たんですが」

「えっ、ほんと⁉」

とっさに返したが、考えればあのあと安芸と食堂のテーブルで打ち合わせをしたのだった。安芸にはべつだん変わった様子がなかったから、沖田は見られていたことをまったく気づかずにいたのだが、目撃されていたとしても不思議はない状況だった。

「あれはほんとに違うんだ。彼女とのこともそうだし、さっきのあれは俺の気持ちを言ったので、安芸さんを上から見ての同情なんかじゃ絶対ない」

自分の気持ちを疑ってほしくはなくて、つい口が滑ってしまった。

「彼女じゃなくて、俺には好きなひとがいるんだ。だけど、そっちはぜんぜんうまくいかなくて……だから、さっき『ままならない』って言ったのは俺のこと」

それを本人に告げるかと思ったけれど、もしかしたら口が滑ったというわけではなく、こんな機会を無意識に求めていたからかもしれない。

溜まりに溜まった自分の想いを告げたくて、本心ではずっとこうした話の流れを待っていたのじゃないだろうか。

安芸は無言でこちらに視線を注いでいる。その表情からは彼の心情が読み取れなくて、沖田は苦しく頬を歪めた。

「……ごめんなさい。安芸さんにはどうでもいいことだったよね」

つぶやくと、安芸ははっと肩を揺らした。

「あ。え……すみません。そうじゃなくて、すごく意外だったから……」

それから安芸は自分の気を落ち着かせるためなのか、ジョッキのビールをごくごくと喉奥に流しこんだ。そしてそれをテーブルに置き、

「沖田さんが想われている相手というのは……もしかして、モモヨさんのことですか？」

空になったジョッキのなかをのぞきこむように洩らした言葉は、なんとも不可解な名前が含まれていた。

「モモヨって？」

「沖田さんのお姉さんの家にお邪魔したときに、そんな話をしてたでしょう？　彼女のことをいまだに引きずっているんだって」

沖田はまたもや「違う違う」と言わねばならず、このとんでもない誤解を解こうと必死になった。

「モモヨは猫っ、猫だから！　昔実家で飼ってたやつで、ある日ふっと出ていったきり家に帰ってこなくなった。俺はあいつが大好きで、愛那はそれを知っていたからあんなふうに言ったんだ」

「……猫、ですか？」

安芸がふわっと気の抜けた顔になる。

「それじゃあぜんぶ勘違い……？」

つぶやくと、安芸は顔を真っ赤にしてうつむいた。耳もうなじも真っ赤に染めた横顔は内心の動揺を表わしていて、それを見た瞬間に衝動に負けてしまった。

「っ……沖田、さん⁉」

沖田は安芸の耳に触れ、ぎりぎりと全身を絞めあげられる痛みをかかえて口をひらいた。

「俺はそのひとが好きで好きでたまらないんだ。誰かをこんなに恋しいと思ったのは生まれてはじめてっていうくらいにね」

沖田は自分が塀のうえに立っている棒のような気分がしていた。支えもなしにぐらぐらしていて、あと少し風が強く吹いたならそこから落ちてしまうだろう。

「そのひとって、あ……男なんだ」

安芸さんとは告げられなくて、事実をずらして打ち開けた。

「え……？」

告げたら安芸が虚を突かれた顔になる。

(……やっぱり駄目だ。本当のことは言えない)

安芸に好きだと告げたあと、拒絶されるが怖いのだ。そのくらいならこの関係がいっそ違った方向に壊れたほうがましだった。

「……ままならないのは、好きだけれども相手が男だからですか？」

目線を落として安芸はちいさく声を洩らした。沖田は彼から指を離して「そうかも」と低くつぶやく。

「ねえ、安芸さん……俺に男の抱きかたを教えてくれる？」

びくっと安芸の背筋が跳ねる。それを沖田は捨てばちな気分で眺めた。

「もうね、苦しくて苦しくて、ほんとにつらくてしかたがなくて……実際に俺が男を抱けるのかが知りたいんだ。そうでなければ、息をするのもきついから」

安芸はきっとふざけるなと怒るだろう。甘ったれるな、試しだなんて失礼極まると叱るだろう。それで今晩はひとまず終わって、明日は沖田が酔ったせいでごめんなさいと平あやまりにあやまればいい。

そうすれば、気まずさは残るものの、やさしい安芸は沖田を完全に見捨てないでいてくれる。

苦い気持ちでそう考えて……けれども安芸は違う反応を示してきた。

「沖田さんの好きなひとは……わたしと少しは似たところがありますか？」

「あ、うん。似てるよ」

反射的に応じたが、当の本人なのだから似ているというよりもそれ以上だ。安芸はしばらくうつむいていたあとで、ゆっくりと顔をあげた。

「……じゃあ、いいです」

その声があまりにかすかだったので、意味を捉えるのがいくらか遅れた。それが茫然《ぼうぜん》としていたように見えたのか、安芸が「いまのは忘れてください」と前言を取り消した。

「もう出ましょうか。お互いに酔いすぎたみたいです」

言いながら腰をあげる。沖田はその手をつかまえて、自分もいきおいよく立ちあがった。

「うん、酔ってる。お互いにすごく酔ってる。だからもしも安芸さんがそう望むなら、今夜のことは明日になったら全部忘れる。明日は叱り飛ばすからおぼえておけと言うならそうする」

だから、いまのをなかったことにしないでほしい。

沖田が懇願の眸を向けると、安芸の視線が左右に揺れる。判断に迷っているこのひとが逃げないように、沖田は腕を摑んだまま急いで勘定を済ませると、彼を引っ張り店の外に出ていった。

「安芸さんの家はどこ?」

「宮前平《みやまえだいら》です」

「俺は五反田《ごたんだ》だから、こっちのほうがここから近い」

タクシーで帰るからと告げたのは、途中で安芸の気が変わっては困るからだ。彼の腕を離さないで大通りに出ていくと、運よく流しのタクシーがつかまって、そこからは会話のないまま沖田のマンションに到着した。

◇　◇

「なにもないけど、どうぞ。ここへは寝に帰るだけだから」

沖田は部屋を散らかさないし、なにかを集める趣味もない。お洒落な部屋と見えなくもないここは、じつのところそっけない空間だ。

(やっぱり安芸さんの部屋に行かせてもらったほうがよかったかな?)

思うけれど、安芸の生活に触れてしまうと、きっとあとでもっともっとつらくなる。その部屋に行けない自分が哀しくて、いつまでもそれを引きずってしまうから。

「早速だけど、俺はどうすればいい？　キスからはじめたほうがいいの？」

この期におよんで安芸が尻込みしないよう、単刀直入に問いかけた。恋人同士じゃない以上、甘いムードはかえって嘘くさくなるだろう。

「キスは、あの……しなくていいです。ちょっと、シャワーをお借りできると」

「俺はべつに気にしないけど？」

「わたしが気にします。お願いですから、シャワーを使わせてくれませんか」

それならと、うわべだけは平静な様子でうなずく。

「……キスは、駄目かぁ」

浴室に安芸が消えるのを見届けてから苦い調子でつぶやいた。

唇を許さないのは、たぶん安芸なりのけじめだろう。

彼が沖田とかりそめにでも寝ることを承知した、これはどういう気持ちなのか。酔ったために大胆な気分になったか。安芸もその年ごろの男性として、たまには誰かと寝てみたいと思ったのか。沖田の泣きごとを聞いたので同情心がつのったか。真下から招待状が届いたせいで、やけっぱちになっているのか。それとも——それらぜんぶを引っくるめてそうなのか。

（なんでもいい。どうでもいい）

安芸の身体にさわれるのなら、彼がそれを嫌がらないなら、なにがどうでもかまわなかった。

明日になれば、死ぬほど後悔することがわかっていて、それでも安芸を抱かせてもらえるこの機会を逃したくない。

「バスタオル、ここに置くから。着替えは悪いけど俺のシャツを着てくれる?」

シャワーの水音を聞きながら、それだけ言ってそこを離れる。心臓が爆発しそうに高鳴っていたけれど、それも安芸が沖田のシャツだけを身につけて寝室に入ってくれば、動悸《どうき》はさらに激しくなった。

（うっわ。安芸さん、ナマの彼シャツ……）

これを狙っていないと言うのは嘘であり、あわよくばとは思っていた。

期待どおりにボトムを穿かずに出てきた安芸は、大きめのデザインシャツを身にまとい、ものすごく色っぽかった。

「ごめんね、下はサイズが合わないと思ったから」

「……それはちょっと嫌みっぽいです」

こっそり生唾を呑みこんでからの言いわけに応じる安芸は、恥じらいが声音に出ていて、図ったわけではないのだろうが沖田を悩殺してしまう。

純情と、限度のない欲望と、期待と、せつなさと、自己嫌悪。沖田の情動のなにもかもを引き攫《さら》って、安芸はそこに立っている。

「それで、最初は……なにしてくれるの？　それとも、俺が……先にする？」

「わたしがしますから……服を脱いでくれませんか。しながら、あなたを脱がすのはむずかしいです」

かすれがちな声で聞いたら、こちらを薙《な》ぎ倒す台詞を彼が投じてくる。

なんだかもうわけがわからなくなってしまって、沖田は諾々《だくだく》とスーツそのほかを脱いでいった。

「それからベッドに腰かけて……そのままでいてください」

裸の沖田をちらっと目に入れたきり、安芸は下を向いてしまった。

そうして目を合わせないまま彼は沖田の眼前で膝《ひざ》をつく。

「もうちょっと、脚をひらいて」

沖田の両脚のあいだに入って、安芸はその中心にゆっくり腕を伸ばしてくる。

「男の手でさわられても嫌じゃない……？」

沖田の股間にかるくさわって、安芸はおずおず聞くけれど、それどころかもうすでにやる気満々の状態に言いわけする必要があるほどだった。

「ご、ごめん。ここのところ忙しくて自分でもしていないから、溜まっていたみたいなんだ」

これは嘘で、ゆうべも安芸で抜いたばかりだ。

「嫌じゃないから、もっとして」

沖田はべつに童貞ではなく、むしろ女性に限って言えば経験豊富なほうだろう。相手が安芸だからどきどきするが、行為そのものには慣れている。

内心はともかくも言葉だけは平然と述べてみれば、安芸がかすかに眉をひそめた。

「こうしたことには慣れていますか……？」

「あっと……まあそのへんはそれなりに」

もっとも安芸はそれなりの相手ではない。眼下にある光景は目がちかちかしてくるくらい、ものすごく興奮する。

けれども沖田の発言はずいぶん余裕と見えたらしい。

「たとえ相手が男だろうと、ここをさわられるくらいなら変わりはないってわけですか?」

少し怒ったふうに言い、安芸が沖田の軸を握る。とたん、その部分がびくっと震えて角度を増した。

「えーと、なんか……ごめん、ね」

内面の葛藤を蹴飛ばすようなおのれの現金さが恨めしい。ごまかすために安芸の頭をひと撫でしたら、さらさらした黒髪の感触に指が離せなくなってしまった。

「あなたはいつもそんなふうに……」

言いさして、口をつぐむ。沖田は熱心に安芸の髪を撫でながら「なに?」と首を斜めに聞いた。

「……なんでもないです」

それからあらためて決心がついたように沖田のそれを両手で握って熱心に擦ってくる。

ベッドに腰かけて上からそれを眺めていれば、大きなシャツの襟ぐりが合わなくて、細い首は付け根の向こうまで見えていた。

(なんか、もう……)

シャツ一枚で、安芸は自分の両脚のあいだにいる。髪も自由にさわらせてくれている。たぶん、このあと抱かせてもくれるのだろう。

行為への期待はめちゃくちゃにあるのだけれど、それよりも安芸がここにいることが、自分の視線と手の届く範囲にいてくれることがなによりもうれしかった。

(この状況でなにもしないでいい、なんて)

馬鹿みたいな想いだろう。

抱かせてくれなくてもべつにいい。快楽を得るためだけの相手ならばこれまでにもいた。沖田にとって、安芸はそういうのではなく、もっと……。

(普通で、大事で、かけがえのないものだ)

セックスなんて、べつになくたって死にやしない。自分で適当に処理しておけば困らない。沖田が欲しいのは毎日口にする料理みたいな安芸なのだ。

たとえどこの誰だとしても、ひとは食べずには生きていけない。そうしなければ、ひもじくて死んでしまう。そんなふうに安芸は沖田の世界にはいなければならないものだ。

(抱かせてなんて頼まなければよかったな……)

そんな殊勝なことを思いもするけれど、安芸が欲しくてしかたないのも本音だった。

セックスなんてしなくてもいい——この身体をひらかせてめちゃくちゃに奪い取ってしまいたい——やさしくして泣かせたくない——自分のすることでぐちゃぐちゃになればいい。

安芸はいつも沖田に矛盾を運んでくる。

ほんわりとした日常を感じさせ——通常ではありえないほど激情をもよおさせ——つねに心を揺らされてならない男。

「ねえ、安芸さん。そこ指でいじるだけ……？」

いくら好きでも安芸は沖田に心をくれない。だから今夜は非日常の世界のなかにふたりして溺れたい。

自分勝手に、自己完結して。それでも安芸を求めずにはいられない。

「男の味を俺に教えてくれるんでしょう？　もっとやらしいこと俺にして？」

◇　　◇

フットランプの灯りのみが照らす寝室。いつもは静かな室内を、さきほどからぴちゃぴちゃという淫らな水音が乱している。

安芸が沖田の欲望を口に含んで、それを舌で舐めしゃぶっているからだ。

「んっ……く」

沖田のそれは大きくて、安芸は顎がだるそうだ。それでも一生懸命に奉仕してくれるから、沖田の欲望はますます硬さを増してくる。

「苦しい？　ごめんね。だけどすごくじょうずだよ」

励ますように告げた沖田は、ずっと安芸の黒髪を撫でている。

口では好きだと言えない分、指先に気持ちをこめて安芸にやさしく触れていたい。

（安芸さんはこんなふうに男のをしゃぶるんだ……）

すごくじょうずではないけれど、まるきり初めてでもなさそうで。そうと知れば、身の内を嫉妬の想いが駆けめぐる。

想像の過去の男に焼き餅を焼いている自分は本当に馬鹿だろうけど、これは理性とはべつの次元で腹が立つのだ。

「……もうそのへんで充分だから」

複雑な心境をかかえながら、安芸の頭を撫でつつ告げた。

安芸にされるとものすごく感じるけれど、達ってしまえば『これでおしまい』になるかもしれない。

まだ髪くらいしか安芸にはさわらせてもらっていないし、むしろ直接の刺激よりも自分のほうから安芸に触れたい。

なのに彼はひとの気も知らないで、沖田のそれを含んだまま「やれすか、ふぉれ」と上目遣いに聞いてくる。

とたん、びくっとおのれが跳ねて、いっきに嵩《かさ》を増してしまった。

「……っ！」

喉を塞《ふさ》がれたまりかねたか、安芸がむせながらそれを吐き出す。ごめんなさいと前屈みの背中を撫でて、それから彼の両脇に腕を通した。

「っふ、う……ご、ごほ……っ」

「よっ、と」

かるい身体を引きあげて、自分の膝に横向きに座らせる。そうして大事なひとを両腕でかかえこみ「ちょっとだけこうしていてね」とささやいた。

（ああようやく安芸さんを抱き締められた）

こんなに密着していては、鼓動を速めていることが相手にばれてしまうかもしれないけれど、彼の体温を直に感じるこのひとときはリスクを上回る心地よさを沖田にあたえる。

「……どきどきしてます」

「うん、安芸さんも」

さきほどまでの行為のせいなのだろうか、安芸は息があがっているし、沖田とおなじく脈も速いようだった。

こちらに向かせ、こつんと額に額を当てて、すっかり手触りをおぼえた黒髪をそっと撫でたら、安芸がなんだか泣きそうな顔をした。

「どしたの、安芸さん?」

「あなたが、わたしに……やさしく、するから」

「そりゃするよ、安芸さんだもの」

吐息がかかるほど互いに近い場所にいて、こうしているのはすごくいい。

なじるような反論にあっさりと応じたら、安芸が涙目でこちらを睨む。

「あなたのそういう無意味にやさしいところって、よくないと思います」

「うん、ごめん」

安芸がいつもの調子に近くなっている。キスは拒み、男のそれをひざまずいて奉仕するさっきよりもよっぽど『らしく』て、あやまる台詞もすんなりと口をつく。

「ねえ、安芸さん」

真面目で誠実なこのひとが、ちょっと男と寝てみたいとか、真下のことでやけになって、沖田に身を委《ゆだ》ねるだろうか。あらためて考えると不思議になって、問いかけてみたくなった。

「どうして俺と寝る気になったの?」

「それは……」

「真下さんから招待状が届いたから、やけっぱちな気分になった?」

沖田が訊ねれば、否定のかたちに首が振られる。

「……だって、あなたがあまりにも苦しそうだったから」

「同情した？」

「そうじゃないです。酔っていたせいはあるのかもしれませんが……」

「じゃあ、なに？」

畳みかけたら、安芸の眸が困惑を映して揺れる。

「わかりません……だけど、あなたが男と寝る方法を、本気で知りたいと思うなら……そうしても、いいと思って……」

「経験豊富なお兄さんがひと肌脱いでやろうと思った？」

「ちがっ、そんなことじゃなく、わたしは……っ」

眉根を寄せて、安芸は頭をひと振りすると、膝に視線を落としてしまう。わけがわからなくなったのか、ただひたすらに困っている彼の様子を目にすると、うんとやさしくしたくなった。

「ああいいよ。わからなくなったなら、こっちで教えてもらうから」

ここに寝て、と安芸をいったん膝から下ろし、あらためてベッドに寝かせる。

「まずは俺の好きなやりかたでやらせてね。嫌なら、言ってくれればやめる」

仰向《あおむ》けに寝かせた身体にまたがって、両手で彼の頬をつつむ。そこを手のひらで撫でながら、親指で唇の弾力を確かめた。

（やわらかい……ここにキスしたいなあ）

思うけれど、それは許されていないから代わりに唇を指でなぞった。

しつこいくらいにそうしていたら、ふいに喉がこくんと鳴ってうっすら口がひらかれる。すかさず沖田はそこに親指を挿しこんだ。

「う、ふ……っ」

安芸の濡れた粘膜はやわらかくて気持ちがいい。親指で口腔《こうこう》内をかきまわし、もう少し上下の隙間を大きくすると、人差し指もそこに入れ、舌先をかるく摘まんだ。

「安芸さんの舌、俺より薄いね」

言いながら二本の指を動かして、舌の表面を何度か擦る。ここに味蕾があるのだと、前に教えてもらったことを思い出し、目を潤ませている安芸に聞く。

「俺の指、どんな味？」

「ふっ……あ、……くふ……っ」

安芸は嫌々とかすかに首を振りながら、沖田の腕を両手で摑む。その仕草には制止というよりすがりつくような気配があって、沖田の心に愛しさを生じさせた。

「嫌ならこっち、ここにしようか？」

ほかのところもさわってみたくて、沖田はしきりと上下している薄い胸を撫でてみた。

(当り前だけど平らだな)

けれどもそれで興醒《きょうざ》めすることはまったくなく、シャツのうえから突起の部分を見つけると、頭のなかが熱くなった。

「や……あ、あ……っ」

布地ごと摘まみあげ、いくぶん強めに引っ張ると、安芸が少しあわてたふうな喘ぎを洩らした。

「ここ、いいの？　もっとする？」

反対側もおなじように指で摘まんで、くりくりと擦ってみると、安芸が腰をくねらせる。

「んっ、ん」

快感をこらえるような声が可愛い。もっとそれが聞きたくて、ボタンを外して布地のなかに手を入れる。

直接さわったら、ちいさなそれの感触が癖になるほど楽しくて、ついついいじり倒してしまった。

「お、沖田さん……っ」

下から安芸が沖田の腕を摑んで引っ張る。仕草で（なに？）と訊ねたら、そこばかりは嫌だと言った。

「どして？　ここ、好きじゃない？」

指をその箇所に押しつけて、円を描いて動かすと、腰がびくんと跳ねあがる。

「ん、あ……っ」

安芸は乳首がものすごく感じるみたいで、それは少し面白くない。

「安芸さんは胸をいじられるのが好きなんだよね？　前にいっぱいそうしてもらったことがあるから？」

こういうときのマナーとしては最低だと思ったが、果たして彼は傷ついた顔をした。

「そんなこと……」

揺れるその声を聞くまでもなく沖田は自分の発言を後悔していて、眉を曇らせ「ごめん」と言った。

安芸の恋人でもないくせに、調子に乗って彼の気持ちを損ねてしまった。

「やなこと言った。もうしないからつづけていい……？」

懇願の視線を向けたら、安芸が腕をあげてきて沖田の頬にそっと触れた。

「その顔は、ずるいです……」

ひどいことを言ったのに、安芸はもう許している。

沖田の大好きな彼の指を肌に感じ、見つめ合うこの瞬間。駄目だと言われていなければ、たぶんキスしていただろう。

「……ゆっくりするから、安芸さんのにさわっていい？」

こくんとうなずき、安芸はその身をゆだねるように両目を閉じた。シャツの下に彼は下着をつけていなくて、それにも沖田はめいっぱい煽られる。

（落ち着け）と自分自身に言い聞かせつつシャツのボタンを外していって、露《あら》わになった安芸のものに指を這わせた。

「……んっ」

きゅっと軸を握りこむと、安芸の腰がわずかにあがる。彼のペニスは先のところが綺麗な赤で、他人のそれに触れるのは初めてにもかかわらず、沖田をその行為に駆り立てさせる。

「安芸さん、声出して」

愛撫されているあいだ、彼は目と口とを固く閉じ、声を洩らさないようにしている。

安芸が声を殺しているのは、さっき自分が余計なことを言ったせいだとわかっていて、あやまる代わりに沖田はずるい手を使う。

「俺は初心者なんだから、安芸さんが教えてくれなきゃ、どうなのかおぼえられない」

思ったとおり、安芸はうっすら目をひらき、こちらをなじる声音を洩らした。

「初心者とか……嘘、ばっかり……」

「嘘じゃないよ。男は安芸さんが初めてだから」

そして、きっと最後だろう。

男の身体というわけではなく、安芸のそれに興奮している。沖田の手のなかで徐々に大きくなる様も、先のところからぷつんと滴が盛りあがる光景も、見ているだけで強い欲望を湧き立てさせた。

「ね、教えて。ここ、こうされると気持ちいい？」

「あっ……や……」

軸を擦りつつ乳首も一緒にいじったら、せつなげな吐息がこぼれる。顔を斜めにして快感を堪える様子が色っぽく、思わず身を伏せて耳の上にキスをした。

「安芸さん、どう？　言ってくれなきゃ、わからない」

気持ちがいいと言わせたくて、唇をつけたままそこにささやきを吹きこめば「……いぃ」とかすかな声音が聞こえた。

「本当に？　俺はちゃんと安芸さんをよくしてる？」

愛撫の手を休めずに、なおも確かめる言葉を落とす。

「こんなふうに安芸さんの先っぽを親指でぐりぐりしたら、腰が疼《うず》くくらいに感じる？」

「あ、やっ、やぁ……っ」

「それともこっちの可愛い乳首を摘まみあげて、こうしてきゅっとひねったら、思わずビクンてなっちゃうくらいに気持ちいい？」

「あっ……は……っ、う」

「どうなの、安芸さん？　それよりも濡れてるここを擦りまくって乳首を吸ったほうがいい？」

言ったとおりに軸を激しく扱きつつ、乳首を吸って甘嚙みしたら、安芸が「あっあっ」と悲鳴のような喘ぎを洩らす。

沖田の下で身をくねらせる彼の反応に煽られて、行為に夢中になっていたら、肩を拳で叩かれた。

「おっ、沖田さん……っ」

一発目は無視していたが、何度も拳を肩に当てられ、しぶしぶ沖田は顔をあげた。

「痛いよ、安芸さん」

「あ、あなたっ、男は初めてとか、嘘でしょう……っ?」

呼吸を弾ませて安芸が聞く。見れば涙目になっていた。

「嘘じゃないよ。自分以外のこれをさわるの、安芸さんのがほんとに初めて」

しゃべりながらも安芸の性器をいじっていたら、安芸が腕を摑んでとめた。

「もっ、それ、や……っ」

舌足らずに言ったあと、腰をずらして逃げようとする。そうさせまいと、彼を追いかけて身を伸ばしたら、今度は本気で肩のところを殴られた。

「……って！　ひどいな安芸さん」

「わたしが教えるほうでしょう！　どうしてそんなにためらいがないんです⁉」

「どうしてって……」

シャツが肩からずり落ちて、それを引きあげようとする安芸の仕草が艶っぽい。

半分頭が馬鹿になっているのだろうか、ぼんやりとつぶやきながら乳首がシャツで隠れたことを残念に思っていたら、安芸が憤然とこちらを睨んだ。

「今度はわたしだけがします。灯りを消すスイッチはどこですか?」

まだ息をあげながらの質問に、沖田は「なんで?」と問いで返した。

「沖田さんは動かないで。そこにじっとしていてください」

聞いたことへの返事は飛ばして、安芸は視線をめぐらせると、ナイトテーブルに置いていたリモコンに手を伸ばす。フットライトを消してしまって室内を闇で満たすと、彼は手探りで沖田の身体を探し当て、仰向けに押し倒した。

「このシチュエーション……」

「しゃべらないで。なにか言ったり、沖田さんから動いたりするのなら、わたしはここでやめますから」

この脅しには絶大な効果があった。沖田がおとなしくなったのを感じたのか、安芸が「ふうっ」と吐息してのち、こちらの身体に触れてくる。

ドアも閉め、遮光カーテンも引いてあるため、内部はほとんど視力が利かない。

(最初で最後なんだから、もっとさわっていたかったのに)

それでも、安芸にやめられるのはもっと嫌だ。

沖田がベッドに横たわったままでいたら、肌を這っていた彼の手が股間のそれを握ってきた。

（あぁくそ。顔が見えないな）

闇に目が慣れてきたから輪郭くらいはおぼろにわかる。けれども表情は不明のままで、それが残念でしょうがない。

安芸は横に腰を落として握ったそれを熱心に擦っている。見えなくても安芸の指がどんなふうに動いているかはわかるから、その感触と想像する彼の姿で沖田はすでに勃起《ぼっき》していた自分自身をよりいっそう屹立《きつりつ》させた。

「……っ、ふ」

なまめかしい吐息を洩らし、安芸が腰を揺らしているのがぼんやり見える。沖田を扱くかたわらに、どうやら自分の後ろをいじっているようだ。

（安芸さんが、自分の指で）

その光景を妄想したら、いっきに欲望の水位があがる。

「え、え……っ？」

手のなかのそれが大きく跳ねたのを唐突に感じたのか、驚く安芸が「急に、どうして？」と聞いてきた。しゃべっていいのかと訊ねたら、

「い、いけません。言いつけを守らないなら、わたしはこれで帰ります」

自分で話を振ってきたのにとは思ったが、安芸があせった口調なので素直にしたがうこと

にする。

（このあと安芸さんが疲れて眠ってしまったら、両腕に抱きつつんでこっそりキスができるかな）

それを楽しみにするのも変だが、安芸にはただ闇雲に挿入して欲求を晴らしたいというよりも、触れて、撫でて、言葉を交わして、彼の存在そのものを堪能《たんのう》したいと思うのだ。

われながら可愛げがないのだが、年上の女性たちと遊んでいた時期、男同士のセックスの実態も聞くだけは聞いていたし、じつは彼女たちからも前立腺《ぜんりつせん》マッサージなるものをしてもらったことがある。

つぎに安芸がなにをするかも知っていて、けれども実際に彼が沖田にまたがって腰を落としてきたときはものすごく興奮した。

「い、挿《い》れますけど、気持ちが悪くないですか？　嫌になったら、すぐにわたしを突き飛ばしてくれていいです」

そんなことを絶対にするはずがない。

しゃべるなと言われているから首を横に振っただけだが、おぼろげにしか見えないなりに安芸には伝わったようだった。沖田のペニスに手を添えて、自分の窄《すぼ》まりにあてがうと、徐々に身を沈めてくる。

「あ……あ……う、あ……っ……」

安芸はさっき浴室に行ったとき、すでにこのための準備を済ませていたのだろう。指でほぐしただけではなく、内部も濡らしていたようで、腰を揺らしていくごとにしっとりとした感触が沖田のそれをつつみこむ。

「んん……っく……ふ、う……っ」

男の欲望をいっきに収めてしまうには沖田のものが大きすぎてつらいのか、安芸が途中で動きを止める。大丈夫かと問いかけながら腰をさすってやろうとして、禁止されていることに気がついた。

(声をかけたい。さわりたい)

駄目だと言われれば、余計にそれへの欲求がつのってしまう。

(安芸さんの名前を呼びたい。触れて、唇にキスしたい)

このひとが沖田を好きなら、そうしたこともできるのに。

「へ、平気ですか……？　駄目なら、ん……抜きます、けど」

しゃべると後ろに響くのか、安芸の台詞がつっかえながらになっていた。

(抜かないで)

もっと奥に。安芸のなかに入らせて。

心のなかまでは無理だからせめて自分の一部分はと、口に出さずに沖田は願う。

「あ……も、もう少しで、ぜんぶ……なので……すみません」

「どうしてあやまるの？」

おぼえず声が出ていたが、それを安芸は指摘するほど余裕がないのか、か細い声音で「締めつけて……いませんか」と聞いてきた。

「大丈夫」

どう大丈夫か感想を言われるのは嫌だろうと、言葉少なに返事する。

安芸のそこは狭いけれど、内部はやわらかく湿っていて、きつくても気持ちがよかった。

「うご、動き、ます、ね？」

言いはしたが、男のそれが突き刺さった状態で、安芸が自由に身動きするのはむずかしいことらしい。少しだけ腰をあげると、低く呻いて動きを止めた。

「うっ……う」

きゅっとそこを締められると、いまは血液が集まっている状態であり、さすがにつらいものがある。顔をしかめて堪えていたら、ようやくコツを摑んだのかその箇所を緩めてくれた。

(それほど慣れてはいないんだ……)

多少の経験をするにはしたが、ああいう遊びは向いていないと言っていた安芸の台詞を思い出す。

(なのに、俺とは寝てくれたんだな)

嘘なのに。安芸は沖田がほかの男を好きだという言葉を信じて、そのお試しで体験させてくれたのだ。

(ごめんね、安芸さん)

彼を騙しているという罪悪感に胸が痛む。もしもこのひとが本当のことを知ったら、いったいどう思うだろうか?

(いまさら真実が言えるわけもないけれど……)

彼のやさしさにつけ入ったのは沖田のずるさだ。

「すっ、すみま、せん……わたしが、あまり……じょうずじゃない、から……っ」

(ごめんなさいと言うのは俺のほうなのに)

すれていなくて、やさしくて、可愛いひと。安芸の快感がいくらかでも増すように、彼の動きにそっと合わせて『そこ』が当たる角度を狙う。

「あっ、あ!」

自分の経験から見当をつけ、身体の向きを少し変えたら、安芸がびくんと背筋を反らした。

「やっ、きゅ、急に……っ!?」

彼はどうして快感がこみあげたのかわからないようだった。腰を振るたび前立腺が擦られて、困惑の叫びをあげて内腿を震わせる。

(そこを擦って……うん。もっと)

安芸も自身が感じる部分を悟ったのか、そこに沖田の欲望が当たってくる動きをする。

快感がつのるにつれて、足腰の力だけでわが身を支えていることがむずかしくなったのだろう、後ろざまに沖田の腿に手を置いて激しく腰を振ってきた。

「あ……ああ、あ、ん……っ」

周囲が真っ暗なこともあって大胆になれたのか、安芸は夢中で自身の快感を追っている。次第に汗ばんできたらしく、彼が腰を落とすたび沖田の肌と触れ合ってそこから湿った音が立つ。

「は……あ……っ……んぅ……んっ」

濡れているのは表面の皮膚ばかりではないようで、安芸の性器から溢れる滴が内部を抉《えぐ》っていくたびに沖田の下腹に降りかかる。

身を反らし、淫らな喘ぎを洩らす彼は、やがて限界を訴えてきた。

「おき……沖田、さん……っ……ま、まだ、ですか……っ」

律儀なこのひとは、沖田が達くまでは自分の射精を堪える気でいるようだ。先走りの様子からも、それほどは持たないだろうと、沖田はおのれの快楽を解き放った。

「……んっ」

「あ、あぁぁ……っ」

つきあいで達した感はあったものの、安芸のなかに欲望を放出するのは気持ちのうえでは最高の愉悦だった。

(このひとを抱き締めたい。汗も精液も舐め取って、身体じゅうに痕《あと》をつけて、気絶するまで達かせたい)

それを真剣に願う沖田は、しかしなにができる立場でもなくて、安芸が息を荒らげながら繋がりをほどいていくのをただ待っているしかなかった。

「安芸さん……」

「が、がっかりしたかもしれませんが、男と寝るのはこんなふうな感じです」

言いながらベッドを下りると、まるで逃げるようにして安芸は戸口に向かっていく。

「あの……浴室をもう一回お借りしますね」

それを聞き終えるまでに、安芸は二度よろめいて、おまけにドアにぶつかった。

(追いかけて、つかまえたい)

だけど、そうしても無意味だった。敏感な安芸の身体は沖田が過度の快感をそそぎこめば、きっと抵抗しきれない。おそらくはもう一回、今度は沖田のしたいようにセックスすることができるだろう。

(それで、どうなる?)

そんなことで安芸は沖田を好きにならない。その場限りの快楽をむさぼって、そうしてあとには——決定的に距離がひらいた安芸の心が残るだけだ。

「……安芸さん」

つぶやいて、沖田はベッドの上にいる。しばらくしてから寝室ではなく玄関に向かっていった彼の足音を聞きながら。

◇　◇

安芸が恋しくて、騙したことが後ろめたくて、それでもやっぱり彼が欲しい。

そんなふうに揺れ惑う沖田の心情はともかくも、日々は速やかに去っていく。『ＭａｃＲｏ』社員食堂のプレゼンを一週間後に控えたこの日。沖田は三光食料の会議室で配布資料の確認をおこなっていた。

これからはじめる企画案の説明は、食料流通本部長と副部長、そして直接の担当者たちばかりではなく、部内の社員も参加する予定だった。

時間の都合のつけられる社員たちが沖田の説明を聞いたのち、自分なりの批評をくわえる。そうすることで、説明の内容をよりブラッシュアップさせるのが狙いである。

このプレ・プレゼンテーションには当然ながら安芸も顔を出すことになっていて、発表開始五分前には彼も会議室のテーブル席に腰を下ろした。

(安芸さん)

彼は今日も清潔な白衣を着て、隣に座ったフードコーディネーターの沢村に挨拶している。沢村は小声でそれに返したあとで、沖田のほうを見て励ますように手を振った。

プロジェクターの調整をしていた沖田は彼女に会釈で応じたが、探るような視線の行方《ゆくえ》は安芸にある。

(やっぱり俺を見ようとしない)

あれから安芸とは何回も打ち合わせをくり返した。

——こちらのメニューなんですが、メインにするのは鶏《とり》とじゃがいものオイスタースープ煮がいいんじゃないかと。

——だったら、サブの小鉢はどうする?

——そうですね……ゴボウと厚揚げの胡麻《ごま》山椒《さんしょう》和えはどうです?

——ああ、それいいね。じゃあ、この曜日のはこっちに変えるか。

沢村が提案してきた献立の組み合わせを検討しながら、しかし安芸は沖田と視線を合わせようとはしないのだ。自社の食堂の片隅で仕事の話はするけれど、ふとした折に互いの言葉が途切れてしまうと、安芸はぎこちない仕草でうつむき、手元に置いた資料を眺めるふりをする。

沖田がセルフの機械から持ってきたカフェオレを彼に手渡したそのときも、礼はきちんと言うけれどやはりこちらは見なかった。

　安芸は沖田と寝たことを後悔している。それなのに、仕事の都合で沖田と関わりを持たずにはいられないから、気まずくていたたまれない。

　そんなふうに思いたくはないのだが、安芸が自分を見ない理由はそれ以外には考えられない沖田だった。

「はじめまして。三光食料の沖田です。本日はご多用のなか、この説明会にお集まりくださりありがとうございます」

　沖田はプロジェクターが映し出すスクリーンの前に立ち、明瞭《めいりょう》な発声で冒頭部分の挨拶をしはじめる。

　発表内容は『ＭａｃＲｏ』側の聞き手を想定しているので、こうしたくだりから入っていくのだ。

　プレゼンテーションはスクリーン上にあるパワーポイントのスライドと、配布資料としてのテキスト、それに見取り図と模型とを使用しておこなっていく。社員食堂の構想を立体化して見せるために沖田は『ＭａｃＲｏ』から貸してもらった新社屋の設計図面を基にして、外部業者に見取り図と模型とを作製させたのだった。

「弊社は社員食堂をたんなる食事の場ではなく、心も満たす場所として機能させるつもりでいます。『やる気と、健康と、美しさ』をコンセプトに、御社の財産である社員を守り、育ていく。そのためのノウハウをただいまから説明させていただきます。まずは――」

会議室には二十名ほどの人間が集まっていて、彼らの誰もが沖田の説明に聞き入っている。

『MacRo』は若い社員が多く、そのほとんどが頭脳労働に従事する。デスクワークに終始しがちな社員たちが社員食堂という場を得て、自分の健康と活力を増進させる。また、それればかりではなく、社員同士の交流で情報を活発に行き来させる、あるいは適度な息抜きの場所として使うことで新たな発想が生まれてくる。

そうした効果を含んでの運営のやりかたは聞く者の心を確実に捉えたようだ。室内にいる全員がしばしばうなずきを交えつつ、集中して沖田の話に耳を傾けている。

「それでは、つぎに献立表をご覧ください」

参考資料にも載せてある献立は、もちろんプレゼンの主軸となっているものだ。スクリーンに映し出されたスライドを操作して、沖田は説明をつづけていく。

「これはメニューの一例で、一週間分の昼食モデルとなっております。基本は一汁三菜の組み合わせとなりますが、定食として提供するほか、好みに応じて選択ができるようにカフェテリア形式のコーナーもつくりました。この画像にもありますように、それに併せてサラダバーとデザートコーナーも設けており、その日の体調や気分に応じて料理を選ぶことができます。また、模型の部分で言いますと、こちらにあるのがベーカリーコーナーで、約三十種類のパンと、そのほかにケーキなどの菓子類をご提供できるようになっています」

そこで沖田はスクリーンのスライドを自動計算システムの説明をするための画面に変える。

「それらの場所から選んだ料理が載ったトレイを、カウンターのここの場所に置きますと、タッチパネルに栄養成分とカロリーが表示されます。パネル上の確定ボタンを押すまでは選択変更も可能ですので、表示を見てからのメニュー替えもご検討いただけるようになっております。カフェテリアとサラダバー、それにデザートコーナーで選べる料理の一覧はテキストの十六ページ以降をご覧ください。ここには料理の内容とカロリー、それから栄養成分表が載っています」

このあたりは沢村と安芸とが活躍してくれた部分だった。特に安芸の協力があったからこそ、沖田は説得力のある提案ができたと思う。

そののちの説明もとどこおりなく進んでいき、スクリーンに映し出されたスライドを背中にしながら沖田は最後の台詞を述べる。

「――このように豊かな食事と空間は、御社から多彩な活力を創出し、さらなる発展の推進力になることと思われます。本日はその運営方法についてのご提案をいたしました。以上で説明を終わります。ご清聴、ありがとうございました」

言い終えて、お辞儀をすると、この場の全員が拍手する。安芸もこのときばかりは笑顔になって沖田を見ながらうなずいていた。

(安芸さんがよろこんでくれている)

それがうれしくてならない沖田は、自分でもどうかしていると思うレベルで彼のことが好きなのだろう。

そして、このあとは五分間の休憩をはさんで、皆からの講評をもらう予定になっている。沖田は安芸に「どうでした？」と聞こうとしたが、数名の先輩社員にその行く手をはばまれた。

「おい、イケメン。ああやって澄ましていると、二割くらいは見栄えが増すな」

「リアル八頭身な体型にも感心したぞ」

「……褒めるとこ、そこですか？」

からかう口調を投げてくる先輩たちには真下の姿も含まれている。沖田が情けない顔をしたら、彼らが「冗談だ」と言ってきた。

「コンセプトがはっきりしててよかったよ」

「運営のやりかたも、そのための発表方法もよく練りこまれて完成度が高かった。これならこのプレゼンはおまえの勝ちで間違いなしだな」

彼らも知っていることだったが、『ＭａｃＲｏ』でのプレゼンテーションは数社競合になっている。競合他社との勝ち抜き競争には慣れている先輩たちからの褒め言葉は、沖田に自信をあたえてくれた。

（とにかくいまはこの仕事をきっちり仕上げる）

それが、沖田にたくさん協力してくれた安芸の気持ちに応えることだ。

そう決めて、沖田は自分からも気になる箇所を先輩たちに質問し、そのあとの講評でも熱心な質疑応答をくり返した。

そして、そののち会議室に独り残って沖田がスクリーンとプロジェクターを片づけていたときだった。

「悪い、忘れもの。俺のボールペンなかったか?」

「ああ、それならそこにありますよ」

あとで届けようと思っていたと真下に言えば、彼は沖田の脇に来て目当てのものを取りあげた。

「さっきのプレゼン、出来がよかった」

つくづくといった調子で、真下があらためて感想を述べてきた。

「構想自体の質も高いし、なによりもメニューが緻密にできてたな。あそこは優史の仕事だろう?　俺たちの仕事柄、栄養士の大切さは心得ていたつもりだが、思った以上に値打ちがあった」

真下が安芸を優史と呼ぶのはいまだに引っかかる部分だが、あのひとの仕事ぶりを褒められるのは素直にうれしい。

「ありがとうございます」と返したら、真下は聞き捨てならない思惑を沖田の前で打ち明ける。

「なあ、沖田。俺も優史に手伝いを頼んでみようと思うんだ」

(え……!?)

内心の動揺がどうやら思い切り顔に出てしまったらしい。

「そんなにびっくりすることか?」

真下はかるく眉をあげると、さらに不快な言葉を紡ぐ。

「あいつはうちに所属している栄養士で、要請があるときは仕事のヘルプにも応じる立場だ。沖田の手伝いができるなら、俺のもおなじって理屈だろう?」

それはそうだが、理屈と感情はべつである。ほかの社員ならともかくも、真下だけは嫌だと思う、これは自分でも制御できない心情だった。

「……安芸さん、承知しますかね?」

できるだけ気持ちを表に出さないように言ってみたら、真下が「うーん」と天を仰いだ。

「優史の携帯にひとまず連絡してみるが、無理だと言われたらあきらめる」

その程度なら言わないでほしいと思う、沖田は心の狭い男だ。

「まあ、栄養士の件についてはは沖田のプレゼンに感心したから思ったことだ。言ってみれば、沖田はオールラウンダーで、優史はスペシャリストだろ。ハイレベルの万能選手に専門家の支援があったら、これだけ優れた仕事ができる。俺ももっとやらなくちゃって、そんなふうに考えるほどよかったからな」

頑張れよ、と肩を叩いて真下は部屋を去っていく。

(……安芸さんは、真下さんの手伝いをするだろうか?)

思うと頬が強張っていくのがわかる。

否定したいが、手伝いをしないとは言いきれない。なにしろ安芸は真下のことが好きなのだ。片想いの相手なら、いい機会だと思うのじゃないだろうか。

考えれば苦しくて、沖田はぐっと拳を握り、身を硬くして立ちすくむ。

(安芸さんが俺にしてくれたのとおなじことを真下さんにも……?)

いまの自分は醜い顔をしているだろうか? きっとそうだと思う沖田は、焼け焦げてしまいそうに頭と心臓が熱かった。

なにしろ真下は安芸を部活の先輩から守ってくれた、おそらく初恋のひとなのだ。彼のために料理をつくって、熱心な打ち合わせをくり返し、そのあと食事にも行くのだろうか?

それで酒を過ごしたときには……。

(ああもうやめろ!)

心のなかで自身を怒鳴って思考を打ち切る。

気になってならないのなら、安芸に直接聞いてみればいいことだ。おのれの妄想に振り回されても意味はないぞと、自分を無理やり納得させる沖田だった。

◇　◇

（真下さんは安芸さんに手伝ってくれと言ったか？）

そんなにも気になるのなら、安芸に直接聞けばいい。そう思いはしたものの、それを実際の行動に移すことはできなかった。

もしも「はい」と言われたらどうしよう——その結果が怖くもあったし、なにより安芸はかたくなに沖田と視線を合わせようとしないのだ。

（あのときは、大丈夫かと思ったのにな……）

プレ・プレゼンのあった日に安芸は沖田の発表を聞き、うれしそうに拍手までしてくれた。けれども、それはしょせんひとときの出来事であったようだ。つぎに仕事で彼と顔を合わせたときには、またも気まずい雰囲気に戻っていて、業務以外の話ができる気配などまったくなかった。

「沖田さん……？」

「え、ああごめん」

プレゼンを明日に迎えたこの日、沖田は社員食堂の一角で安芸とおなじテーブルに座っている。時刻は夜の八時を三十分ほど回ったところで、ここを利用する社員の姿も遠くにちらほら見えるくらいだ。

リストに載せてある料理の最終確認をし終わって、沖田はテーブルに広げた資料を手元にまとめる。それからすうっと息を吸い、安芸のほうに姿勢を正して向き直った。

「これで質問は以上です。これまでたくさんご協力いただきまして、ありがとうございました」

これまでの口調をあらため、丁寧にお礼を言って、頭を下げる。すると、安芸が恐縮した態《てい》で手を振った。

「そんな。たいした手伝いもできませんでしたのに……」

謙遜する安芸の様子はいつもとほとんど変わらない。ただ……相変わらず沖田の目を見ないだけだ。

（やっぱりこれでもうおしまいになるのかなぁ）

この仕事が終わったら、こう頻繁に安芸に会えることもなくなる。たぶん安芸から沖田には話しかけてこないだろうし、あとは遠くから眺めるだけしかできなくなる。

（それで、俺は安芸さんが真下さんと仲良くしているところを見るのか……）

そう思えば苦しくてたまらないが、いまの沖田にはどうするすべも考えつかない。

ここから先は、安芸をこっそり眺めながらいつまでもしつこく好きでいることくらいしか方法がない。それならば、ふたりの接点が終わってしまうこのときくらいはせめて綺麗にしようかと、沖田はにこりと笑いかけた。

「いえいえ、安芸さんにはほんとにお世話になりました。沢村さんにも、厨房の荻野さんにも。このプレゼンが終わったら、皆での打ちあげを計画していますので、ぜひ参加してくださいね」

それじゃ、と腰をあげかけたとき。

(……っ⁉)

安芸の指が沖田の袖をとらえていた。

(な、なんで……っ？)

パニックを起こしてしまってにわかには声が出ない。ましてや安芸が黒い眸をじっとこちらに向けているからなおさらだった。

「ど、どうしたの……？」

唾を何度も呑みこんで、どうにか言葉を発したら「……すみません」とかすかな響きが戻ってくる。

「すみませんって、なんで？　なにが？」

うわずった声で聞いたら、安芸がつらそうに顔を歪めた。

「ここのところ、わたしは態度が悪かったので。自分でもいけないとわかっていたのに……沖田さんに嫌な思いをさせてしまって、すみません」

苦しそうに眉根を寄せて、それでも安芸は沖田を見てしゃべってくれる。

沖田は胸が痛いのと、そこを撫で下ろす感覚を両方同時に味わった。

「あーっと、そんな、いやべつに。俺は嫌な思いとかは……」

複雑な心境でそれだけを口にして、それからそうと意識のないまま言葉が喉からこぼれ出る。

「安芸さんは、真下さんから仕事の手伝いを頼まれた……？」

言ったとたんに（しまった）と唇を噛む。

いつかのように安芸の身体が固まるかと思ったが、彼はゆっくりうなずいた。

「それで、安芸さんはオーケイしたの？」

「いいえ」

「じゃあ、断った……？」

真下に仕事を頼まれてうれしくはなかったのか？　それとも、彼を間近で見るのはつらいと感じたからだろうか？

安芸の気持ちがわからなくて、混乱しながら問いかければ、彼は淡々と自分の思惑を沖田に明かす。

「沖田さんのプレゼンが通ったら、引きつづき『ＭａｃＲｏ』社員食堂でのコンサルタント業務があります。いまは健康管理室と、その仕事とで精いっぱいだと思いますし、中途半端にお引き受けしてしまっては先々でご迷惑にもなりますから」

「だけどまだプレゼンは通ったと決まってない、っていうか、やってもいないない段階だけど？」

茫然として返したら、安芸が生真面目に聞いてくる。

「通す自信がありませんか？」

「それは、あるけど」

安芸がこれだけ手伝ってくれたのだ。落ちるつもりでやる気などない。反射的にそう返したら、安芸が大きくうなずいた。

「でしょう？　沖田さんはすごくいい社員食堂のプランをつくられたと思います。わずかですけどわたしもそれに協力できて、本当によかったです」

しみじみとした安芸の口調。安芸は決して出しゃばらないが、しかし沖田は彼がどれほど社員食堂の構想に貢献してくれたかを知っている。

「安芸さんは……どうして栄養士になろうって思ったの？」

真下は安芸をスペシャリストと言っていた。沖田もそのとおり、彼は優れた専門家だと考えている。この仕事に対する彼の熱意と誠実さはいったいどこから来るのだろう。

それが本気で知りたくて訊ねたら、安芸は沖田の眸を見たまま口をひらいた。

「きっかけは、高校生のときでした。当時、クラスにいた女子のひとりがどんどん痩せていったんです。いまから思えば摂食障害を起こしていたのでしょうけれど、わたしはどうして彼女がなにも食べないのか不思議に感じて……家に帰って祖母に聞いてみたんです」

「安芸さんのお祖母《ばあ》さんに……？」

「はい。いまはもう亡くなっていませんが、祖母は助産婦としてはたらきながらわたしを育ててくれたんです」

複雑そうな家の事情をかいま見せ、安芸は静かに言葉を綴る。

「晩の食事をしているときに、食べることってなんだろうって、なんとなく口にして。そうしたら——食べることは命を繋ぐことだからねえ。生きたいという気持ちがさせるおこないだろうね——祖母はそう言ったんです」

生半可な感想が言えなくて、沖田は黙って安芸の言葉のつづきを待った。

「わたしはそのころ、自分の性癖に疑問を持って悩んでいたので。部活もやめようかと考えていたときに、ふっとその言葉が胸に落ちて。もしもわたしがゲイだとしたら、将来自分の子供を持つことはない。だったら、せめて人の命を繋ぐ手伝いがしたいって。……ちょっと高二の男子にしては、突飛な考えかもしれませんが」

沖田はゆっくりと首を横に振ってみせた。

「突飛なんかじゃないと思う。安芸さんはいつでも真剣に物事を考える性質だから。それに、普段からお祖母さんの仕事を見聞きしていたのなら、そんな発想が自然と出ても不思議じゃないだろ?」

安芸は「そうかもしれません」とうなずいた。

「結果的に栄養士を職業に選んでよかったと思います。こうやって少しでも沖田さんの力にもなれましたしね」

最後の台詞を安芸はやわらかく微笑んで口にした。

その表情に胸を突かれて、おぼえず沖田は息を呑みこむ。

(こういうひとだから好きになった。安芸さんが誰を好きでも、このひとの味方だって言ったんだ)

なのに、ずるをした自分がものすごく恥ずかしい。

(たぶんこれを俺が告げたら……)

刹那ためらった弱さを押し切り、沖田は安芸に打ち明ける。

「安芸さん、俺はあなたを騙した。あれはぜんぶ嘘なんだ」

「え……あれ、って……?」

「ほかの男が好きだというのは俺の嘘で、ほんとは安芸さんが好きなんだ。なのに俺はそんなふうに思いこませて、お試しのセックスをしてもいいってあなたに言わせた」

苦いものを胸いっぱいに詰めこんで沖田は言った。安芸は茫然とそんな沖田を見つめている。

「安芸さんが俺と目線を合わせなくなったのは当然のことなんだ。あれは俺があなたのやさしさにつけこんで、無理にさせたことだから。安芸さんが後悔するのは当たり前だ」

衝撃が大きすぎたか、安芸は怒るところまでもいかないようだ。目を見ひらいて、沖田をただ眺めている。

「ごめんなさい。あやまって済むことじゃないけれど、本当に悪かった」

「……悪い、って……?」

「あなたはずっと真下さんが好きなのに。味方をするとも言ったのに、俺はあのひとに嫉妬してた。真下さんだけじゃなく、安芸さんの身体に触れたことがある男たちすべてにも。いまこのときも、俺はあなたのことが欲しくて……だけど、あなたはべつの男が好きだから望みはないと知っている」

思った以上に安芸はショックを受けている。視点が合わない眸はうつろで、なにをどうすればいいのかがわからないようだった。

(ごめん、安芸さん。ほんとにごめん)

こんなにもショックを受けさせた安芸に対して、沖田はせめてもの償いをしたいと思った。

「あなたは俺に怒っていいんだ。なんだったら、俺を何発か殴ってくれてもかまわない」

沖田が言うと、どちらともつかないふうに安芸が頭を動かした。それからふらふらと立ちあがり「あ……その……待って……」とつぶやきを落としてくる。

「す、少し……わたしに……時間を、ください」

そうして安芸は雲を踏んでいるようなおぼつかない足取りでテーブルを離れていく。

ややあって、安芸が健康管理室に姿を消したのを見届けてから、沖田はゆっくりと席を立った。

（……時間をください、か）

騙されていたことを知っても、安芸は怒りを表さなかった。けれどもそれは決して沖田を許したためではないだろう。驚きが治まって、あらためて怒りが湧いたら、沖田を咎める気持ちが芽生えてくるかもしれない。

（どっちにしても、待てと言うなら待つだけだ）

沖田には申しひらきの余地はない。あのやわらかな微笑みが二度と自分に向けられなくなったとしても、あのまま彼を騙しつづけていることはどうしてもできなかった。

卑怯《ひきょう》な真似をしたくせに、それを隠したままなんてあまりにも恥ずかしい行為だ。そう思ったから、こうして安芸に打ち明けた。

（あのひと以外の人間を好きだなんて、そんなごまかしはもう二度としたくない。好きになってもらえなくても、自分の気持ちは変えられない）

そうして安芸をあざむいていた苦さをいだき——それでも変わらず彼を好きなままでいる。たとえ安芸に嫌われて、拒絶されてしまっても。それをも彼への償いのひとつと感じ、ずっとずっと胸の痛みをかかえながら。

◇　◇

苦しい沖田の胸のうちはそうとして、翌日おこなわれた『ＭａｃＲｏ』社員食堂のプレゼンは、とどこおりなく発表できた。居並ぶ『ＭａｃＲｏ』の幹部たちも熱心に聞き入ってくれ、具体的な質問も数多く寄せてきた。手応えはあったと沖田が感じたとおり、三日後に呼び出しがかかってきて、今度は現在の食堂に集まっている『ＭａｃＲｏ』従業員を前にしての説明をもとめられた。

こちらのほうは十五分と時間を切られ、簡単な雰囲気でと言われたので、食堂の壁際にスクリーンを設置してひととおりの説明をする。そしてその後はフリートークのかたちを取った。

「これで新食堂に関しての説明は以上ですが、なにかご質問はありますか？」

いまの食堂はかなり手狭で、従業員全員が収まり切らない。そのため、外食するひとたちも多いと聞いていたとおり、こうして召集がかかった場所は混雑している電車のように席に座れない従業員がたくさんいた。彼らのうち、前のほうで立ったまま聞いていた若い男性が手を挙げる。

「あのー。広くなって、便利になるのはわかるんですけど、パソコンの持ちこみってできますか?」

「はい、可能です。窓際のカウンター席には電源と、有線、無線LANが設置されていますから。気分転換にそちらで軽食を取りながら作業することもできますよ」

沖田が言うと、さっきの質問者の近くにいた中年女性が聞いてくる。

「コンセプトに『美しさ』ってあるんですけど、具体的にどういうものです?」

「そうですね。美しさにもいろんな定義があるんですが、私は『肉体の健全さ』がそれを支え、維持するものだと思っています。ビタミンや、ミネラル、コラーゲンなど、各種栄養素を含んだ食事をバランスよく取ることで、内臓を調節し、それが結果として生き生きとした美しさに繋がるのではないでしょうか」

「サラダバーって、どんな野菜があるんですか? 生野菜は身体を冷やすから嫌なんですけど」

これは、なかほどに立っていた女性からのものだった。

「野菜によっては身体を冷やす効能を持つものもたしかにあります。ですが、夏場などそうしたことが必要な季節にはそれらを適切に食べるのも必要だと思いますよ。サラダバーの野菜はいずれも国内産で、季節によって品目を変えていく予定ですし、もちろんそのメニューには温野菜も取り入れる予定です」

「そうですか。ありがとうございます」

「いえ、こちらこそご質問ありがとうございました」

沖田が礼を言い、ぐるりとあたりを見回すと、いかにも興味なさそうに大あくびをしている男が目に入った。

「そちらのかたは、なにかご質問がありませんか？」

聞いてみたら「べっつに」といかにもしらけた雰囲気の返事があった。沖田はそれにも落ち着いてうなずくと、

「ちょっと旧《ふる》い言い回しになるんですけど『おなじ釜《かま》の飯を食った仲』という、そんな言葉がありまして、やはり一緒にものを食べる行為って、なにかしらの繋がりがそこに生まれると思うんですね。正直言うと、私はこれまでそうしたことを意識せずに来たんですが、あるひとと知り合って食べることの大切さを知りました。哀しいときでも、つらいときでも、ひとはものを食べずには生きられない。だからこそ、なにげなく口にしている普段の食事が大事なんだと。新しい食堂ではそうしたことを特別に意識せずとも栄養バランスが取れるよう

にしていますが、さらに楽しく食事ができる工夫をいくつかご用意しました」

「たとえばどんなことですか？」

聞いたのは、さっきの男の隣にいた女性だった。

「そうですね、メニューには月ごとのイベントとして、ご当地グルメの企画があります。郷土の自慢料理をその土地の食材を使ってつくる。そうしたことに併せて、ハロウィンや、クリスマス、バレンタインなどの行事がある季節には、それらに応じたスペシャルメニューを提供する予定でいます。それから誕生日を迎えられたかたのために、前もって申しこんでくだされればバースデイケーキをご用意することとかですね。予約の時間に合わせて作成しますので、昼休みでも、終業後でも、皆さんでお祝いしていただければと思います」

「あっ、それはうれしいかも」

彼女が言って、その連れらしい女性たちがうなずき合う。

「では、ほかのご質問は……？」

ちらりと見た壁の時計は予定の時間終了を報せている。

沖田は「なければ、これで終わります。ご清聴ありがとうございました」と質疑応答を締めくくった。

そののち片づけをしていると、数人の女性たちがそろそろと近づいてきて、遠慮がちに聞いてくる。

「あの……ちょっと質問、いいですか？」

「はい、なんでしょう？」

モバイルパソコンの蓋を閉じて訊ねると、彼女たちのひとりが半歩前に出る。

「えっと、その。彼女っていますよね？」

てっきり社員食堂への質問かと思っていたので、一瞬返事に詰まってしまった。

「……いえ、べつにいませんが」

気を取り直して答えると、彼女たちは一様に喜色を浮かべる。

「本当ですか⁉」

「いないんですけど……片想いの相手なら」

沖田が言うと、彼女たちはがっかりしつつも思い切り興味を惹かれたようだった。

「あなたでも通じない相手っているんですか？」

彼女たちは互いを小突きあったのち、そんなことを聞いてきた。沖田は内心苦笑しながら、首を縦に振ってみせる。

「それって、どんなひとなんですか？」

この踏みこんだ質問を適当にかわすこともできたけれど、安芸の顔を思い出したら言葉が口から勝手に出ていた。

「やさしくて、誠実なひと。仕事には真面目に取り組み、我慢強い性格のひと。ちょっと不器用なところもあって、大人可愛い感じのひと……とそんなふうにも言えるんですけど……なんだろう、もうそういうのはたいして重要なことじゃなくて、そのひとがそのひとだから大切だって、そんな感じに思えるひとです」

胸に痛みを感じながら沖田が話すと、彼女たちは皆で大きなため息をつく。

「……素敵なひとなんですねえ」

「ええ。とても素敵なひとです」

◇　◇

プレゼンテーションでの評価と、『ＭａｃＲｏ』従業員たちからの投票がおこなわれた結果として、正式に稟議が下りたと通達があったのは、それから一週間経ってからだ。

ベーカリー部門だけはべつの会社に委託することになったのだが、それ以外はすべて三光食料が取り仕切る許可が出た。百点満点にはならなかったが、部長も副部長も大喜びで、沖田もこの結果には満足した。

そして、その後は契約書の作成などの書類仕事をいくつかこなし、それも一段落したときに、かねてから考えていた打ちあげをしようという話になった。

「それでは、この企画の成功を祝って」

「乾杯！」

打ちあげに参加したのは社員食堂のプレゼンに直接たずさわったひとたちで、沢村と、荻野、沖田の部内からの協力者二名、それに安芸の姿もある。

食料流通本部長と副部長は出張で不参加だったが、事前に金一封を沖田に手渡していったので、今夜の費用は彼らからの奢りである。

料理が美味しいと評判の居酒屋でおこなわれた食事会は、個室を借りてのものであり、全員がくつろいだ様子をしている。

プレゼンの準備をはじめたころとは季節が変わり、皆はそれぞれ晩秋の服装になっていて、安芸も今夜はシャツの上からブレザーを羽織っていた。

その安芸に隣の席の沢村がねぎらいの言葉をかける。

「安芸さん、ご苦労さま。あの献立表、先方からの評価が高かったって聞いたわよ」

「それは、沢村さんの力によるところが大きいと思います」

「あら。うれしいことを聞かせてくれてありがとう。だけど、安芸さんの頑張りも大じゃない？」

なごやかに会話するふたりの前に、沖田はビール瓶を持った腕を差し伸べて、

「それじゃ、おふたりのファインプレーに感謝して」

このチームのリーダーとして、今夜は皆に楽しく過ごしてもらいたい。いくら安芸を目の前にしてさまざまな想いが吹き荒れていようとも、それを表に出す気はなかった。ふたりのコップにビールを注ぎ、にこやかな表情をつくる沖田は、しかしそのじつ苦しくてたまらない。

（また安芸さんがこっちを見なくなっている）

安芸はやはり沖田のことが許せないと思っているのか。時間をくださいと言ったのも、沖田の頭が冷えてから断ろうとしたためか。そんなことばかりぐるぐる考えてしまうのだ。

「沖田さんも、ほら飲んで」

「あっ、ありがとうございます」

沢村の勧めにコップを差し出すと、そこになみなみとビールが足される。

「沖田さんと仕事ができて、ためにもなったし楽しかった。いい目の保養にもなったしね。またなにかのことでチームが組めたらいいと思うわ」

「はい。こちらこそものすごく助かりました。つぎに機会がありましたら、ぜひよろしくお願いします」

そんなことを沢村に告げ、黙々とコップをかたむけている荻野にも「献立の試作におつきあいくださって、本当にありがとうございました。先方の従業員さん、料理の写真を見たときは『お腹《なか》が減った』と感想を洩らしてましたよ」と報告交じりにお礼を言った。

プレゼンが成功したこともあり、座はつねににこやかな雰囲気につつまれるうち頼んだ料理の皿はすべて空になり、まもなく打ちあげはおひらきの時間になった。

「それでは今夜はこのへんで。皆さん本当にありがとうございました」

時刻は九時を少しばかり過ぎたところで、いくぶん早い切りあげだったが、沢村は自宅まで二時間かかると聞いていたからそのあたりで散会となったのだ。

沖田は会計を済ませると、店の前で出てきた皆を見送った。

「沢村さん、荻野さん、お疲れさま。安芸さんもありがとう。どうぞ気をつけてお帰りください」

彼らからも礼と別れの挨拶を返されると、沖田だけはその場所から動かずに、立ち去っていく皆の背中を眺めていた。

(これで当分、安芸さんと身近で会うことはなくなるな……)

そう思えば、完全に消え去るまでは安芸の姿を見ていたい。夜でもこの飲み屋街は人波が途切れることなく、ほっそりした後ろ姿はまもなく消えてしまうのだろう。

そんなふうにせつない想いで沖田が見つめていたときだった。

(……え?)

不意打ちの驚きが沖田の目を瞠らせる。安芸が突然身体の向きを変え、こちらに向かって歩いてくるのだ。

なぜと思っているうちに安芸はどんどん近づいてきて、沖田の前で立ちどまった。

「どうしたの？　忘れもの？」

乱れ騒ぐ胸をなだめて訊ねてみたら、安芸は硬い表情で返事する。

「皆さんには用事があると断って別れてきました。それで、もし不都合でなかったら、時間を少しもらえませんか？」

もちろん沖田に不都合はなく、黙ったままうなずけば、安芸が「一緒に来てください」と先になって歩きはじめる。

「どこまで行くの？」

駅の券売機の前まで行って、安芸の背中に訊ねてみたら「宮前平」と彼が駅名を言ってくる。

「わたしの家までついてきてほしいんです」

生硬なその声音にはなにかを一心に思い詰めているような響きがあって、沖田は余計な質問をするのを控えた。

（どっちみち、安芸さんの家に行けばわかることだ）

その後は会話のないままにメトロから私鉄に乗り継ぎ、最寄《もよ》りの駅からさらに十分ほど歩いたのちに五階建てのマンションにたどりついた。

「どうぞ。入ってください」

「お邪魔します」

安芸の部屋はちょっと広めの1DKで、沖田の自室のようにものがなさすぎてそっけない感じはしない。玄関に入ったときから自然ないい香りがするのは安芸が育てていると言ったハーブだろうか。

清潔そうな台所には、調理器具やスパイスの瓶などが整然と並べられ、ちゃんと料理をしているひとの生活感が漂っていた。真っ白に洗いあげられた布巾《ふきん》。小窓の前には手入れのされた観葉植物。冷蔵庫に何枚か貼られたメモには几帳面《きちようめん》な文字が書きつけられている。

ここのダイニングテーブルには椅子が一脚しか備えられていないから、独り暮らしなんだなと、あらためて沖田は思う。台所と部屋つづきのリビング兼寝室にはベッドが置かれているようだったが、そちらは見ないようにした。

「そこの椅子に座ってください。コーヒーでも淹《い》れますから」

「あ、うん。おかまいなく」

気もそぞろに返しながら、沖田はここに来るまでにさんざん考えていたことを、またもぐるぐる思いめぐらす。

（どうして安芸さんは俺をここまでつれてきたんだ？　もう顔も見たくないと言うんなら、あの路上でもよかったのに。それとも、ひと目のない場所だったら、俺のしたことを遠慮なく咎められると思ったから?)

まるで処断を待つ罪人のような気分で、沖田はひとつしかない椅子に腰かけている。

しかし、目の前のテーブルに温かなコーヒーを置かれたときには、いっそはっきり言ってほしいと視線をあげた。

「安芸さ……」

「もう少しだけ待ってください。それで、わたしのすることを見届けてくれませんか?」

安芸がめずらしく沖田をさえぎって告げてきた。そうして強張った顔のままテーブルの横に来て、ポケットから取り出した携帯電話のボタンを押した。

「あ、安芸です。すみません、こんな夜分に。いまちょっとお話ししてもよろしいでしょうか?」

電話はまもなく繋がって、彼は誰かと話しはじめた。

(なんで、いまこのときに電話をするんだ?)

安芸の心づもりがわからず、ただなりゆきを眺めていたら、ややあってから彼は沖田を仰天させる台詞を発する。

「真下さん。わたしはあなたが好きでした。高校二年のときからずっと」

(え……!?)

ぎょっとして、沖田は椅子から腰を浮かせた。

（それって……まさか）

立ちあがるとき椅子が後ろに引っくり返って大きな物音を立てていたが、それを気にする余裕はなかった。

「ええ……はい。こちらこそありがとうございました」

愕然と見つめる前で安芸は真下との通話を終えて、沖田に視線を向けてきた。

「……振られました」

淡々とした口調とは裏腹に彼の指は見てわかるほど震えている。

「安芸さん……どうして」

頬を冷たくして訊ねたら、彼は笑おうと努力したのか唇の端のところをかすかにあげた。

「あなたの勇気を見習おうと思いました」

「俺の……？」

「言いにくいことだったのに、黙っていてもわからないままだったのに、あなたはわたしの真実を打ち明けてくれました。だからわたしも……ようやく自分の弱さと別れる踏ん切りがつけられました」

すっきりしたように安芸は言うが、平気でいるわけはない。

十年以上も想いつづけた安芸の恋がいまこのときに終わってしまった。あんなに真下が好きだったのに。名前を口にすることさえもきつそうにしていたのに。もう完全に望みは消えてしまったのか……？

「そんな顔をしないでください」

安芸が細い指を伸ばして、そっと頬を撫でてくる。

やさしい手つきが余計に哀しく、沖田は顔を歪めながら震える声を喉から絞る。

「明日、俺が真下さんを殴ってやるから。俺は安芸さんの味方だから、一発くらいは入れてやる」

「気持ちはありがたいんですけど、それは絶対しないでください」

「駄目だったのに……それでもまだあのひとをかばいたい？」

苦い味を噛み締めながら沖田がつぶやく。安芸は横にはっきりと首を振った。

「そうじゃなくて、わたしはあなたが心配なんです。わたしのせいでそんなことはさせられません」

それに……と安芸は沖田を見つめて言葉をつづける。

「本当に、わたしはそれほど哀しくはないんです」

「だけどそれは嘘だろう？」

こんなときくらい泣いていいから。沖田が言ったら、安芸がまたも違うというふうに首を振る。

「強がりじゃないんです。平気ではないんですけど……わたしよりもあなたが哀しんでくれるから」
微笑みそこねて、安芸が唇を震わせる。
ほら、こんなにも気持ちが揺れてる——沖田はそう言おうとして、熱のこもった彼の眸に
おぼえず声を呑みこんだ。
「……安芸さん？」
にわかに弾みをつけはじめた自分の鼓動を意識しながら、まっすぐこちらに合わせてくる
彼の視線を見返した。
「さっき告白したときに、真下さんから過去形なんだなと言われました。……それで、わた
しは気づいたんです。いつの間にか……本当にいつの間にか、沖田さんが……わたしの心の
真ん中にいることに」
「安芸さん、それって……」
まさかという想いと、激しい望みとが胸のうちで交差する。
「俺のことを少しくらいは意識してくれたってこと？」
安芸はこっくりとうなずいた。それからものすごくうれしい台詞を沖田の耳に届けてくれ
る。
「たぶんわたしは沖田さんが好きなんだと思います」
「たぶんって……？」

もっともっとその言葉を聞きたくて、質問のかたちを取ってつづきをうながす。安芸は真剣な表情で沖田の望みを叶えてくれた。

「わたしにもまだわけがわかりません。こんな気持ちになったのは初めてなので。ただ、あなたがいまだに『モモヨ』のことを引きずっているのだと聞いたとき、なんともいえない気分になって胃のあたりが痛みました。それから、沖田さんが食堂で女子社員と抱き合っているところを見たときは、寝ても覚めてもその場面が頭から離れなくなりました」

(それ、もしかして)

沖田の心臓が壊れるくらいに高鳴っている。

「……安芸さんは、俺のことが好きなんだ?」

はいと言ってもらいたくて念押しをする。安芸はちょっとあやふやな顔をしてうなずいた。

「たぶん、そうです。あなたにはほかに好きなひとがいて、そちらとうまくいくのかどうか試すために男とのセックスを教えてほしい——そんなことを頼まれて、それでもいいと思ってしまうくらいには」

もう我慢できなくて、沖田は安芸を抱き取って、両腕でかかえこんだ。

「キスしていい?」

返事は待たずに彼に顔を寄せていく。唇が触れ合ったそのとたん、ずっと抑えこんでいた心の枷《かせ》が弾け飛んだ。

「ん……ふ……っ」

ずっと待ち焦がれてきた安芸とのキスは、沖田の頭を沸騰させる。

唇を重ねて、舐めて。そのやわらかさと弾力を充分に感じたのち、あらがわず迎えてくれる口腔内に舌を入れ、湿った粘膜と硬い歯の感触を夢中になって味わった。

それから舌を絡みつけ、自分のほうに招き寄せると、唾液と一緒に思いきり啜りあげる。

「ふ……ん……っ……」

安芸は息が苦しいのか、鼻声を洩らしながらいくらか顔を引こうとする。それを許さず、後頭部に手を当てて、突き入れた舌を使って口腔内をかき回した。

もう片方の沖田の腕は安芸の背中に添えられていて、わずかな隙間も耐えられないというふうにぴったりと彼の身体を自分に密着させている。

（安芸さん……安芸さん……っ）

欲しくて、欲しくてたまらない。この舌を溶けるくらいに舐めまくり、互いの身体の境目がわからなくなるくらい安芸を強く抱いていたい。

彼と自分がべつべつの肉体でいることが許せなくて、ぐちゃぐちゃに絡み合い交じり合ってひとつになってしまいたかった。

「う……あ……く……っ……」

沖田が自分でもあやうく思える激情は、安芸にほどこす口づけと、抱いた腕の強さとに表れていて、長いあいだの抱擁をようやく少し緩めたときには彼の脚ががくがくと震えていた。

「安芸さん、立ってるのつらくなった？」

「は……い……」

どこかに座らせてやりたいけれど、わずかのあいだも離したくない。沖田は彼の腰をかかえ、真後ろのダイニングテーブルに座らせた。

「ここにもずっとキスしたかった。これ、溶けてなくなってしまうまで舐めていい？」

言いながら身を屈め、彼の右目の下にあるほくろに舌を這わせていく。

(好きだ、これも。色っぽい。誰にも見せずにぜんぶ俺が舐め取りたい)

そこへの執拗《しつよう》な口づけに安芸はぶるっと身を震わせて「もぅ……」と低い呻きを洩らした。

「ここは嫌？　唇にもっとキスする？」

答えを求めない質問をして、ちゅっと唇に口づける。

そうして沖田はついばむようなキスを再三降らせてから、うなじに唇を滑らせた。

「首に痕をつけていい？」

声が聞きたくて訊ねたら、安芸が嫌々と首を振る。喉の正面の隆起は女にはないものだったが、安芸のだと思えば愛しく、そこにかるく歯を当てた。

「や……だ、め……っ」

駄目だと言われてもやめたくない。そこを噛んで吸ってを何回もくり返すと、白い肌に赤いしるしが残された。

「ねえ、安芸さん。ここでする？　それとも安芸さんのベッドに俺を入れてくれる？」

そう言えば、安芸はおそらくベッドのほうを選ぶだろう。勝ちの知れた駆け引きを弄《ろう》したら、彼が潤んだ眸を向けてゆっくりと口をひらいた。

「……さっき、わたしが……言ったこと……」

（……ん？）

予想と違う安芸の言葉に動きをとどめる。執拗な口づけに翻弄されていた彼の身体はいまだに震えていたけれど、ひたむきなほどまっすぐな視線は沖田に向けられていた。

「あなたが、わたしを……好きだと言ってくれたから……それで、あのひとに、告白したんじゃないんです……駄目でも、受け皿ができたとか、そんなんじゃなく……」

それだけは言っておきたいというように彼は真摯な言葉を紡ぐ。

「あなたは男が、好きだってひとじゃないから……いつかはわたしから離れていく日が来る、でしょうけど……わたしはずっと……あなたのことを好きでいます……」

「安芸さん……」

深い愛情のこもる台詞が沖田の胸を震わせる。同時にあきらめの滲む心が哀しくて、言葉で否定をする代わり、彼の身体を抱き締めた。

「安芸さん、好きだよ……ほんとに好きだ」

これだけ夢中にさせておいて、安芸は沖田がいつの日か離れていくと思っているのか。

(たぶん、安芸さんは……)

初恋と失恋が同時に来たから。恋心と傷の痛みが一緒になって、安芸の胸を突き刺したから。それで、恋愛には憶病な気持ちのままでいるのだろう。

「俺がどれほどあなたを好きか、それを教えてあげるから。この先ずっと、一生かかって、あなたにわからせてあげるから」

もう嫌だというくらい。怖くなって逃げ出しても追いかけて、あなたから離れない。

「それを覚悟しておいて」

◇　◇

「あ……おき、沖田、さん……っ」

「好きだよ、安芸さん。すごく好きだ」

「や、もうっ……それ……っ……」

本来は二人掛けのテーブルは正方形で、そこに安芸が横たわると上半身しか乗せられない。

頭も半分はみ出していて、腿から下も宙に浮く。そして、その脚の片方は沖田に摑みあげられていて、つま先を一本ずつしゃぶられているのだった。

「それ……ぃやっ……です……っ」

「そうだね、ごめん。だけど、ずっとこうしてみたかったから」

安芸はブレザーとシャツのボタンを外されて、胸がはだけられている。下の衣服はすべて脱がされ、剝き出しになっている両脚のそこここには赤い痕が散っていた。

沖田が笑んで桜色の爪を嚙むと、安芸の脚に震えが走る。そのさざめきを追うように手のひらを滑らせると、艶めいた泣き声が耳に届いた。

「もう達きそう？　ここ吸ってみる？　それともまた、後ろを指でいじろうか？」

ここと言いながら、安芸のしるしを手のひらにつつみこむ。彼のペニスはもう腹につくくらいに反っていて、先からだらだらと滴を溢れさせていた。

「あっ……それっ、駄目、です……っ」

前をゆっくり擦りながら、後ろに指をしのばせると、安芸が嫌だと首を振る。

「ここは駄目なの？　だけどすごく気持ちがよさそうなんだけど？」

じっくりとひらかせたから、安芸の窄まりはすっかりやわらかくなっている。最初にたっぷりと舌で湿らせておいたので、キッチンの棚を見て「オリーブオイルを借りるよ」と断ったとき、彼はほとんど意識を飛ばして無自覚にうなずいたのだ。

そうしてオイルで指を濡らして探ったそこは、温かく、ぬかるんでいて、そこにおのれを収めることを想像したらそれだけで沖田のものが硬度を増した。

「あっ、もっ、で、出そうっ……ゆ、指、とめて……っ」

あともう少しで達きそうなのか、切羽詰まった声を出し、沖田の腕を止めようとする。

「いいよ。出して?」

安芸が達くときの顔が見たい。

内部に入れた指の先でぐりっと筋を抉ったら、彼は「ひっ」と悲鳴を洩らしてびくびくと震えたけれど、内腿に力を入れて放出を堪えている。

「どうして我慢しているの?」

「ゆ……指、いや……ぁっ……お、沖田、さんの……」

「俺の、なに?」

「沖田さんの、入れて、くださいっ」

安芸の眸もあそこも潤んで、彼はすでに理性をなくしているようだ。淫らな懇願を口にして、彼はこちらに両腕を差し伸べた。

「お願い……します……っ」

そんな安芸の必死な様子が沖田の情感を煽り立て、自分の欲望を入れたくて、彼のなかに入りたくてしかたがなくなる。

「向きを変える？　それとも正面から抱き合ってする？」

沖田が聞いたら「このままで」と安芸が言う。

「だけど、このままの姿勢だと安芸さんの背中が痛いよ。だから、こうして……ね？」

沖田は安芸の上半身を起こさせると、自分の胴体を両脚ではさませた。

いつもは食卓にしているこのテーブルで、身体の後ろに両手をついて、男の欲望を迎えるために脚を大きくひらく体勢。男の性欲を満たすために自分自身を食べさせようとしている姿は、いつもは清潔な雰囲気がある分だけ、よりいっそう淫猥《いんわい》な印象を沖田にあたえた。

「そう……その格好で腰をできるだけあげておいて」

ごくっと息を呑みこんでから、自分の金具に手をやってそれを外す。そうしておのれを露出させると、正面に向き合った体勢から安芸の中心に欲望をあてがった。

「ん……入れるよ、安芸さん」

太腿を摑み寄せ、安芸の腰に当てた手を引きつけて、軸を窄まりに挿入していく。しかし、この体勢では安芸が内腿に力を入れると半分しか入らずに、沖田はほとんど抱きかかえるようにして彼の身体を密着させた。

「ひ……あ……んぅ……っ」

いまだにぜんぶ入ってはいないけれど、それでも安芸はつらいのか、眉をひそめて苦しそうな喘ぎを洩らす。

(ごめん、安芸さん。きついよね)

それでも安芸から離れたくない。

「このままでよくしてあげる。安芸さんは、俺の首に両腕を回してて」

安芸のなかに入りこませた自分の欲望は動かさず、寄り添わせた身体の隙間に手を入れて、安芸の軸を擦っていく。

「あ、あっ……あ」

よく考えれば、沖田はネクタイすらほどいていない。これまでおぼえがないくらいがっついている自覚はあるが、それが安芸ならやむを得ないことだと思う。

(こんなに色っぽくて、可愛くて、愛おしいから)

欲しくて欲しくてたまらなかったこのひとが自分を好きだと告げてくれた。沖田を欲しいと言ってくれた。

幸せで、夢かとも感じるけれど、うなじにかかる乱れる吐息も、触れ合った肌の熱さも、沖田をつつむその感触も現実のものだった。

「安芸さん、好き、好きだから……っ」

口づけて、安芸のそれをいじる手つきを激しくすれば、彼の脚が沖田の胴を締めつけてくる。同時にあちらのほうも締まって、きついほどの感覚におのれのそれがさらに膨らむ。

「ん、むっ……く、ふぅ……っ……」

舌と性器を入れっぱなしにされているから、安芸の顎はべたべたで、下のほうも濡れたあそこがひくひくと震えている。

沖田が両手で安芸の尻たぶを鷲摑《わしづか》みにし、ぐっと自分に引きつければより接合が深まって、せつない叫びが耳を打った。

「ああ……っ！」

「安芸さん、これ気持ちいい？」

尻を摑んであそこの部分をさらにひらかせ、腰を回す動きをしたら、安芸はしゃくりあげるような泣き声を洩らしはじめる。

まつ毛の先には大粒の滴が引っかかっていて、沖田はそれを吸い取ってから目蓋《まぶた》の上に口づけた。

「安芸さんのなか、あったかい……俺はすごく気持ちいい……安芸さんはどんな感じ……？」

激しい動作をしなくても、安芸に入れているだけでものすごく感じてしまう。耳元であなたはどうかと訊ねれば、首に絡めた腕の力を強くして安芸がかすれた声音をこぼす。

「……おっ、俺も……気持ち、いい……っ」

（そうか、安芸さんは完全に素になると、自分のことを俺って言うんだ）

快感に惚《ほう》けた頭でぼんやりと思いながら、そういうのも可愛いと感じるあたり、もう本当に骨抜きにされている。

「だったらもっと声出して。いやらしい声、俺に聞かせて?」

密着している安芸のそこに自分の下生えを擦りつける動きをしたら、男の股間を直撃するような声音が洩れる。

「あぅ……や、い……いぃっ、いい」

「ここが好きなの?」

「す、好きっ……あふ、あ、あっ……それ、好きぃ……っ」

きつい姿勢をさせているのに、それより快感が勝るのか、安芸は懸命に腰を揺らして自分の快楽を追っている。

沖田にすがりつき、舌足らずに訴えるその様が、いつもの彼とはかけ離れていて、それにもまた欲情がかき立てられる。

「安芸さん、可愛い。やらしい。すごい」

もっと締めつけて。腰振って。耳たぶをしゃぶりながらうながすと、安芸は必死でそのとおりにしてくれる。

「んっんっ、あ、んっ……あ、も……もぅ……っ」

とっくに我慢の限界が来ているのに、ぎりぎりのところまで堪える安芸は出したくてどうしようもなくなっているようだ。もっともっとじらして可愛がりたいけれど、沖田のほうも

自分のそれが安芸のなかに放ちたいと訴えている。

「いいよ。達って」

ささやいて、沖田からも腰をぐっぐっと突きこめば「ひぁ……っ」と叫んで安芸が上体をしならせた。

「あっ、あ、ぅあ——……っ」

沖田の首に回された安芸の手がスーツをぎゅっと握りこむ。

顎を反らし、背筋を震わせ、安芸は快感を解放させた。

「安芸さん……っ」

直後に沖田も狭いところに挿しこんでいる性器から欲望をほとばしらせる。

「あぅあ……っん」

内部に放たれた男の熱を感じたのか、安芸はきゅうっとそこを窄め、ものすごく色っぽい喘ぎを洩らした。

「あ、つぅ……っ」

これまで経験したどのセックスよりも体温があがっていて、背中一面が汗ばんでいる。ネクタイを緩めたくて、けれども繋がりをほどきたくない。

息のあがった身体を抱き締め、事後の余韻に浸っていたら、安芸が消え残る快楽に潤んだまなざしを向けてきた。

「……沖田さん」

「ん。なあに？」

こめかみにキスをしながら、甘いささやきで問いかけた。安芸の肌もしっとりと汗ばんでいて、呼吸もいまだに乱れている。彼の尻に添えた手はそのままに待っていると、ちいさな声で「好きです」と言ってくれた。

「うん、俺も。安芸さんが好き。すごく好き」

好きだ。大好き。狂おしいくらいに好きだ。その気持ちを視線にこめて見つめたら、上気している安芸の顔にさらに赤みがくわわった。

「いまさら照れたの？　この状態で？」

可愛いなあと思っていれば、安芸が「だって」と拗《す》ねたような口調を洩らす。

「あなたがそんな目で見るからしかたがないんです」

「そんなって、どういうふうな？」

「そ、それは……あ、やぅ」

安芸がぴくんと上体を震わせる。

「ど、してっ、や……またっ」

「またってなぁに？」

おのれのそれがまたも大きくなったのをわかっていていて沖田は聞いた。

さっき出したばかりなのに、ただ入れているだけでふたたびこのひとが欲しくなる自分は箍《たが》が外れている。

そうした認識はあるけれど、安芸の匂いと感触が沖田を狂わせてしまうのだ。

「ね、安芸さん。俺の服、安芸さんが出したので汚れてる」

シャツに精液がついているのを指摘したら、安芸が困った顔になる。

「あ、すみま……」

「んん。俺にあやまるんじゃなく。明日は休みだし、俺はこのシャツを着直して帰らなくてもいいよねって」

小首を傾げて訊ねたら、安芸は「ずるい……」と沖田の胸を平手で叩く。

「そういうことをこの状態で聞くんですか?」

さっきの沖田と似た言葉で安芸は咎める。

「も、抜い……あ、んんっ」

安芸が理性を戻してきたのが面白くない。もっともっと彼を乱れさせたくて、手を添えていた尻の肉を揉みこむと、びくっと背筋を震わせる。

「や、ちょ、沖田……さんっ」

「え、なに?」

「どうして、それ、大きく……っ⁉」

「だって、安芸さんが締めつけるから」

しれっとして返したら、あわてた顔の安芸が違うと首を振る。

「そっ、そんなこと……あ、や、そこっ、駄目ぇ……っ」

彼の身体は細いけれど、尻のところはやわらかい。両方の手のひらぜんぶを使って揉むと、安芸が駄目だと言いながらそれでも沖田にしがみつく。

「でもこれすごく気持ちいい。安芸さんも、こうされると感じちゃう？」

「ば、馬鹿っ……俺は、そんな……っ」

（あ。また安芸さんが俺って言った）

うれしいなあと思いつつ、安芸の額と頬とにキスする。

「そんなって？」

「き、聞かないで、くれっ、ま……あ、んっ。そこ、やっ、ぐりぐりって……」

「安芸さん、それやらしいよ」

密着させた腰を回すと、彼の足先が跳ねあがる。安芸のなかにいるものはすっかり元気になっていて、もっと激しい動きをしたいと沖田にせがむ。

「どっちがやらし……んっあ！　ま、また……っ⁉」

第二ラウンドのはじまりを悟ったのか、安芸があせって沖田のシャツを摑んでくる。

「うぁ、やっ、こ、ここじゃ、やっ……です」

突き入れられる動作を止めたいと思ったのか、安芸の両脚が沖田の腰に巻きついた。

「べ、ベッドに行って……」

「うん。それじゃこっちに手を置いて……んっ、しょっと」

安芸の両手をあらためて自分の首に巻きつけ直すと、尻に添えた手はそのままで沖田は曲げていた膝を伸ばした。

「わ。これ結構腰にくる」

「なん……⁉ おろ、下ろして、くださいっ」

「暴れないで。落っことすから」

安芸も成人男性としてそれなりの重さがある。顔をしかめてたしなめる言葉を吐いたが、彼はそれどころではないようだった。

「いやっ、う、動かさないで……っ」

「それは無理だよ、歩いているもの」

安芸を入れたまま、しかもスラックスが落ちそうになりながら歩くのはむずかしい。距離にすれば十歩足らずではあるのだけれど、ベッドに腰を下ろしたときはほっとした。

「ベッドに来たよ。これでいい？」

「おっ、俺は、入れたままなんて、歩いてとかっ、言わなかった、ですっ」

よほどあせっているのだろうか、つねになく安芸は混乱したしゃべりかただ。

「ぬ、抜い……」

「大好き、安芸さん」

ちゅっと唇にキスをしたら、なかに舌を入れたくなった。抗議しようとひらいた口に舌を挿しこみ、内部を丹念に探ったら、膝の上に抱いている身体がくにゃりとやわらかくなる。

(俺のここ、ケモノのみたいに交尾が済むまで抜けなくなればいいのにな)

そんなことを快感と愛情で煮えきった頭に浮かばせ(どっちにしても抜かないから一緒か)とも思う沖田は、朝まで安芸を離す気がない。

膝に安芸を乗せたまま、ネクタイをほどいて上着を脱ぎ捨て、シャツのボタンに手をかけたとき、彼がそこに触れてきた。

「手伝ってくれるの?」

「……言ってもあなたは聞かないし、俺も……あなたが欲しいです」

最後の言葉は消えそうなほどちいさくて、しかし沖田を有頂天にさせるには充分なものだった。そのうえ安芸からのキスも一緒についてきて、思わず顔がにやけてしまう。

「ああもう最高。好きだよ、安芸さん」

それから入れた状態で互いの衣服を脱がせ合って。ときどきは体勢につらいときがあったけれど、裸になって直接肌を寄り添わせるとよりいっそうひとつになった感じがして、沖田の胸を悦《よろこ》びが満たしていく。

「ねえ、安芸さん？」

「え、なんっ……です、か……」

ゆっくりと身体を揺すりつつ訊ねれば、眸を霞《かす》ませて安芸が応じた。

「いつかでいいから、安芸さんのお祖母さんの話をもっと聞かせてくれる？　俺のことも聞いてくれればなんでも話す」

沖田が欲しいのはこの身体だけではないから。やさしいこのひとの心を傷つけないように、守っていくための知識が欲しい。

「沖田さん……」

「ん？」

「あなたは、どうして……」

言いさして、安芸はなんだか泣きそうな、そのくせものすごく幸せそうな笑みを浮かべた。

「……俺をずっと離さずに、朝までいっぱい抱いてください」

「うん、安芸さん」

微笑む安芸を見ていると、沖田も幸せになってくる。もっともっとこのひとを幸せにして、自分も幸せな気持ちになりたい。

「ちょっと激しくしてもいい？」

「あ……いい、ですよ……どんなふうでも、好きなように……」

そっと安芸の身体を倒して、仰向けに寝かせると、沖田は腰を使いはじめる。

安芸のそこはすでに精液で濡れているから、大きく抜き挿しをくり返してもつっかえる感じはしない。どころか、なめらかに湿った場所は沖田の性器を締めつけて、ふたりの快感を頂《いただき》へと押しあげていく。

「安芸さん……安芸さん……っ」

「は……あ……あ、あ……っ……」

両方の膝裏を摑みあげ、それを左右にひらかせる。あられもない姿だけれど、安芸はもはやそうと気づく余裕さえないようだ。浮いた尻の中心に楔《くさび》を強く打ちこむと、彼の喉から嬌《きょう》声《せい》がほとばしる。

「あ、ああっ！　あぅ、や、い……いいっ」

突き入れられる動きのたびに安芸のしるしが快感の滴をこぼす。胸の尖りもぷつりと硬く起ちあがり、誰かの指を待ち焦がれているようだった。

「安芸さん、乳首を自分でさわって」

「あっ、あっ……そ、そんな……っ」

「俺はこっちをいじるのでいっぱいだから」

片いっぽうの安芸の脚を肩にかけ、股間のそれを握りながらうながすと、細い指がおずおずと自分の胸に伸びていく。

「うん、もっと。俺の代わりにたくさんそこを可愛がって」

彼の綺麗な指先がいじらしく尖ったそこを愛撫する様を見るのは、言いようがないほどの快感だった。

強く楔を打ちこまれ、びしょびしょに濡れた性器を扱きあげられ、さらに自分で乳首を嬲《なぶ》っている安芸は強すぎる快楽に意識を奪われているようだ。悶《もだ》え、乱れて、啜り泣きの交じる喘ぎを洩らしている。

「いっ、いいっ、あ……く、んぅ……っ……そこっ」

「そこって、お尻？　それともこっち？」

「ど、どっちもっ……いいっ、すごく……っ、あ、ふぁっ……いい、いぃ……っ」

髪を振り、腰をよじって安芸は快感を訴えた。みずから乳首を摘まむたびに後ろがきゅうきゅう締まるから、そこが感じてならないのだと沖田の身体に教えてくれる。

「あーもうすごい。えっちで可愛い。気持ちいい」

沖田のほうも目から入る卑猥な眺めと、身体で味わう快楽に理性が乗っ取られている。

「安芸さんのここ、ぬっるぬるのぐっちゃぐちゃ」

快感に惚けた頭でそんなことを洩らしても、安芸は恥ずかしがる様子さえ見せなかった。

「あ、もう、達く、達く……っ。達きた、達かせて……っ」

放出寸前になっているのか、沖田のほうに腕を伸ばして切羽詰まった声を出す。沖田がぐ

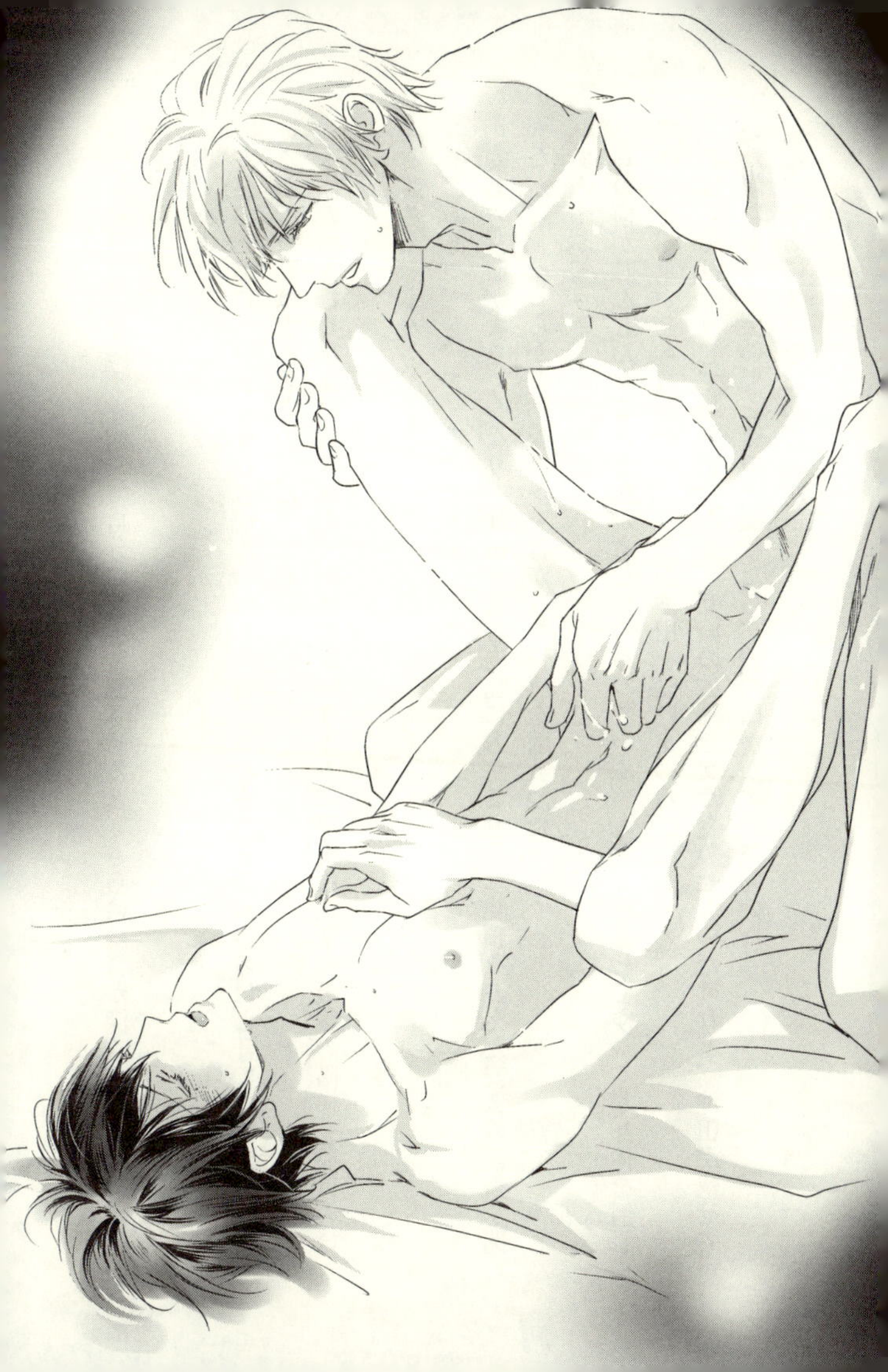

っと身を倒し、その手を摑んで自分の背中に回させると、さらに結合が深くなって、彼が背中を震わせた。

「あ、ああっ！」

安芸の悲鳴にベッドの軋《きし》む音がくわわる。抱きつく安芸の手が滑るほど汗で背中が濡れているが、それはもう思考の外だ。

本能のおもむくままに突き刺し、引いて、抉りこみ、沖田は快楽の最後の階梯《かいてい》を駆けのぼる。

「安芸さん……安芸、さ……っ」

「あ、ああっ、も、ア、アアァッ……！」

安芸の背筋が大きくしなり、沖田を挟む内腿に力がこもる。絶頂を迎えた安芸の淫声を聞きながら、やわらかな粘膜の奥を目がけて快感を射放った。

「あ……ふ、う……っ……」

耳の横がじんじんするほど血が激しくめぐっている。大きく吐息してゆっくり身体を倒していくと、重いとも言わないで安芸が沖田を受け止める。

しばらくはそうして頰を寄せたまま互いの鼓動を交ぜ合わせていたけれど、沖田が伏せていた顔をあげ安芸の髪をそっと撫でたら、彼の口がかすかに動いた。

「ん、なあに？　なにか言った？」

「……なんだか、怖い、って」

激しいセックスの直後のせいか、安芸はいまだに現実感が戻っていないようだった。夢でも見ているひとのようなぼんやりした口調で話す。

「これに慣れたらどうしよう……なくてはならなくなったら怖い……」

無自覚な分、安芸の本音が感じられるつぶやきは、沖田からうれしさと憤慨する想いとを呼び起こす。

「俺が安芸さんに飽きるとか思ってる？」

安芸はどちらともつかないように首を振る。

「沖田さんを疑っているんじゃないです……ただ……今日なくした気持ちの代わりに、こんな大きなものをもらって……」

「俺が重たい？」

「いえ……重たくなるのは俺のほうです……こんな贅沢に慣れていったらどうしよう……」

安芸は意識していないだろうけれど、これは不安が言わせている独白というよりも手にあまる愛情をかかえたひとの当惑だった
（安芸さんはそれでいいよ。いまは少しだけ迷ってて。そのうち俺なしではいられなくなるからね）

沖田の愛情に慣れきって、たった一日の不在にも耐えられなくなるくらい。

「ねえ、安芸さん。キスしようか」

こんなものを贅沢と言うのなら、浴びせるように与えたい。安芸がもう充分と叫んでしまうくらいには、愛情と快楽にどっぷりと浸からせてみせるから。

「安芸さんの唇が腫《は》れるまで。それで、明日はお詫びにそこを舐めてあげる」

「え、あ……ん、む……っ」

セックスの後戯というにはしつこすぎるキスをすると、安芸は目を回したようだ。

惑う顔にあせった様子が浮かぶのは、はじめてから一回も抜かないでいるそれがまたもや存在を主張してきたからだった。

「お、沖っ……ま、待って」

「ごめんね、安芸さん。俺もあと十年後くらいには、ちょっとは落ち着くと思うから」

「ちょ、ちょっとって……あ、う……ん、んぅ……っ」

安芸の頬に手を添えて、期待満々のまなざしで「駄目かな?」とねだったら、彼は一瞬目を瞠り、それからゆっくりと花がほころんでいくようなとても綺麗な笑顔を見せた。

「いいえ……俺もあなたが欲しいから、好きなだけしてください」

◇　◇

十二月の終わりになって挙げられた真下の式にはふたりして参加した。純白のウェディングドレスに身をつつむ花嫁は、とても清楚《せいそ》で可愛らしく、黒のタキシードを着こんだ真下は終始うれしそうだった。

そして沖田はここまではらはらしどおしで、安芸の自宅に帰り着いてコートを脱ぐと、思わずため息をついてしまった。

「沖田さん、疲れました？」

「あーうん、まあね」

寒かったねと言いながら、安芸に顔をくっつける。

「安芸さん、ほっぺと鼻が冷たい」

「沖田さんもそうですよ」

じゃれ合うようなスキンシップはいつものことで、けれども今夜は甘さのなかに苦い想いが交じっている。

(安芸さんは平気だって言ったけど……)

真下の結婚式に出て、本当になんともないのか?

そんな気持ちが消せなくて、沖田は内心気が気ではない。つぎの言葉が出せなくて、ふたりとも礼服を着たままで黙って寄り添っていたときだった。

「……沖田さんは一カ月あまりのあいだ、ここで暮らしていたでしょう?」

「うん?」

沖田は安芸が文句を言わないのをいいことに、彼の部屋に住みついていたのだった。先に帰るときもあると、合鍵《あいかぎ》をもらっていたから安芸の同意もあったのだけど、なんとなくなし崩しになった感もいなめない状況だった。

「もし、よかったら……わたしと一緒にこのまま暮らしてくれませんか?」

「安芸さん、ほんとに!? それでいいの?」

うれしい驚きに確かめる言葉が出たら、安芸がこっくりうなずいた。

「わたしは、その……十年以上もあのひとへの感情を引きずってきたくらい、しつこい性格をしているんです。だから、あの」

以後も真下を好きなままでいると言うのか?

胸に痛みをおぼえながらつぎの言葉を待っていると、沖田の手に手を添えて安芸が真摯なまなざしを向けてくる。

「沖田さんに、このあとすべての気持ちをあげてもいいですか?」

「このあとって、一生丸ごとくれるってこと?」

「はい」

「すべてのって、ほんとに全部?」

言われたことがうれしすぎて、にわかには信じられずについ念押しをしてしまった。

安芸は生真面目な表情で「全部です」とそれに応じる。

「もう本当はあなたに全部持っていかれているんです。あなたがわたしを褒めてくれると、照れますけど、感激します。あなたが女性と抱き合っているのを見たら、胸が重くて、苦しくて、眠れなくなりました。あなたがほかに好きなひとがいるからって、お試しのセックスをしたときは、きつい想いをしているのにどきどきもしてくるし、まるきりわけがわからなくなってきて……あとでどうしてこんなに振り回されるのかって、あなたに腹が立ちました」

「……それは、ごめん」

反省してあやまると、安芸が「違います」と言ってきた。

「そう思ったのは八つ当たりなんだからあやまらなくてもいいんです。あのことは……わたしもそうしたかったから。あのときは気がついていなかったけど、理由はどうであれ、わたしはあなたと寝てみたかった。だからお互いさまなんです。でも、そのあとで好きだと言ってもらえたときには、すぐには信じられなくて茫然としてしまって……あなたには嫌な思いをさせました」

「いまでもまだ信じられない？」

安芸の手を握り返して沖田は聞いた。

「いいえ。こんなに大事にしてもらって、それでもまだ疑ったらわたしは馬鹿です。わたしもあなたを大切にしますから、この気持ちをもらってください」

「うん、安芸さん。俺もあなたに一生分の気持ちをあげるよ」

そう言って、見合わせた眸には沖田へのひたむきな愛情が映っている。

「ねえ、安芸さん。今日の式で言ってた言葉をあなたにも聞いていい？」

「はい」

これがゴールインじゃなく、たぶんここからふたりの道がはじまるのだろう。この先ずっと、いろいろなことがあっても、ふたりで話し合い、助け合って。

おそらく安芸もおなじことを考えているように、厳粛そのものの顔をしている。

とても大切なひとの手を取り、沖田はゆっくりと言葉を綴る。

「健やかなるときも、病めるときも、喜びのときも、悲しみのときも、富めるときも、貧しいときも、これを愛し、これを敬い、これを慰め、これを助け、その命ある限り、真心を尽くすことを誓いますか？」

「誓います」

「俺も生涯そうすることを誓います」

そして沖田は安芸に口づけ、愛するひとからもキスを返され、ふたりの生活の第一歩を踏み出した。

あとがき

はじめまして。こんにちは。今城けいです。

今回のお話は、片想いと社員食堂がテーマです。自身の社食体験では『あのときのおかずの皿、冷えたトンカツが固くなってて、割り箸が折れたなあ』とか、『うう。仕出し弁当のこのフライ、鶏か、魚か、練り物か？　食べても正体がわからないよお』なんてのが結構あります（いや、毎度ありがたくいただいておりますよ）。

わたしも含めて会社勤めの人間は（会社に限らず、でしょうけど）昼メシの確保はかなり重要な事柄なのです。わが社にも沖田が企画したような社員食堂があったらなあ。そんな作者の夢と希望を織り交ぜてこの話ができました（笑）。

このたびは拙作にイラストをお描きくださいましたみずかねりょう様。

みずかね様がお描きくださるのなら、どれだけ沖田を美形にしても大丈夫！

ですので、めいっぱい沖田をイケメンにしてみました。本当に素敵な造形をありがとうございました。心よりお礼申しあげます。

それから担当様。いつもながら頼もしいアドバイスをありがとうございます。こちらがやりたいことをつねに軽々とかたちにしてくださるので、毎回感心しきりです。次もまたよろしくご指導くださいませ。

そして読者様。沖田たちの物語をお読みくださりありがとうございました。高機能系商社マンは、一皮剝けば安芸さん大好きなわんこです。今後も『教会が来い!』って感じにいちゃいちゃしつづけることでしょう。

「あのね、安芸さん。もっとこの部屋が狭ければいいのにね」

「え? いまでもかなり狭いですよ。むしろ、窮屈じゃないですか」

「んん。俺にはこれでも広すぎるくらいだよ」

「あっ、待っ……おき、沖田さんっ……あ、そこ……駄目……っ……」

「ねぇ俺のこと、陽明って呼んでくれる約束はどうしたの? 言ってくれないと――」

「う……は、陽明、さんっ……や……っ、い、言ったのに……んむ、ふうぅ……っ」

と、ここまで書いてページ数が尽きました。

それでは、また。最後までおつきあいくださりありがとうございました。

今城けい

本作品は書き下ろしです

今城けい先生、みずかねりょう先生へのお便り、
本作品に関するご意見、ご感想などは
〒101-8405
東京都千代田区三崎町2-18-11
二見書房　シャレード文庫
「高機能系オキタの社員食堂」係まで。

CHARADE BUNKO

高《こう》機《き》能《のう》系《けい》オキタの社《しゃ》員《いん》食堂《しょくどう》

【著者】今城《いまじょう》けい

【発行所】株式会社二見書房
東京都千代田区三崎町2-18-11
電話　03(3515)2311［営業］
　　　03(3515)2314［編集］
振替　00170-4-2639
【印刷】株式会社堀内印刷所
【製本】ナショナル製本協同組合

落丁・乱丁本はお取り替えいたします。
定価は、カバーに表示してあります。

ISBN978-4-576-13056-9

http://charade.futami.co.jp/